L'avenir d'une illusion

Sigmund Freud

I

Lorsqu'on a vécu longtemps dans l'ambiance d'une certaine culture et qu'on s'est souvent efforcé d'en découvrir les origines et les voies évolutives, on ressent un jour la tentation de tourner ses regards dans la direction opposée et de se demander quel sera le sort ultérieur de cette culture ainsi que les transformations qu'elle est destinée à subir. Mais on ne tarde pas à s'apercevoir que la valeur de semblable investigation est diminuée dès l'abord par divers facteurs, surtout par le fait qu'il n'existe que peu de personnes capables d'avoir une vue d'ensemble de l'activité humaine dans tous ses domaines. La plupart des hommes se sont vus contraints de se limiter à un seul de ces domaines ou à bien peu d'entre eux ; et moins nous connaissons du passé et du présent, plus notre jugement sur le futur est forcément incertain.

De plus, c'est justement lorsqu'il s'agit de se former un jugement semblable que les dispositions subjectives d'un chacun jouent un rôle difficile à apprécier ; or celles-ci dépendent de facteurs purement personnels : de sa propre expérience, de son attitude plus ou moins optimiste envers la vie, attitude dictée par son tempérament et ses succès ou insuccès antérieurs. Enfin, il faut tenir compte de ce fait remarquable : les hommes vivent en général le présent d'une façon pour ainsi dire ingénue, et sont incapables d'estimer ce qu'il apporte ; le présent doit acquérir du recul, c'est-à-dire être devenu le passé, avant de pouvoir offrir des points d'appui sur lesquels fonder un jugement relatif au futur.

Qui cède à la tentation d'émettre une opinion sur l'avenir probable de notre culture fera donc bien de se rappeler les difficultés indiquées ci-dessus, ainsi que l'incertitude inhérente à toute prophétie. Il en résulte pour moi que fuyant, en toute hâte, cette trop grande tâche, je rechercherai, sans tarder, le petit domaine sur lequel j'ai dirigé, jusqu'à ce jour, mon attention, et ceci dès que j'aurai défini sa position par rapport au vaste ensemble.

La culture humaine – j'entends tout ce par quoi la vie humaine s'est élevée au-dessus des conditions animales et par où elle diffère de la vie des bêtes, et je dédaigne de séparer la civilisation de la « culture »[1] – présente, ainsi que l'on sait, à l'observateur deux faces. Elle comprend, d'une part, tout le savoir et le pouvoir qu'ont acquis les hommes afin de maîtriser les forces de la nature et de conquérir sur elle des biens susceptibles de satisfaire aux besoins humains ; d'autre part, toutes les dispositions nécessaires pour régler les rapports des hommes entre eux, en particulier la répartition des biens accessibles. Ces deux orientations de la civilisation ne sont pas indépendantes l'une de l'autre, en premier lieu parce que les rapports mutuels des hommes sont profondément influencés par la mesure des satisfactions de l'instinct que permettent les richesses présentes ; en second lieu parce que l'individu lui-même peut entrer en rapport avec un autre homme en tant que propriété, dans la mesure où ce dernier emploie sa capacité de travail ou le prend comme objet sexuel ; en troisième lieu parce que chaque individu est virtuellement un ennemi de la civilisation qui cependant est elle-même dans l'intérêt de l'humanité en général.

Il est curieux que les hommes, qui savent si mal vivre dans l'isolement, se sentent cependant lourdement opprimés par les sacrifices que la civilisation attend d'eux afin de leur rendre possible la vie en commun. La civilisation doit ainsi être défendue contre l'individu, et son organisation, ses institutions et ses lois se mettent au service de cette tâche ; elles n'ont pas pour but unique d'instituer une certaine répartition des biens, mais encore de la maintenir, elles doivent de fait protéger contre les impulsions hostiles des hommes tout ce qui sert à maîtriser la nature et à produire les richesses. Les créations de l'homme sont aisées à détruire et la science et la

---

1   Nous traduirons le plus souvent, par la suite, le mot culture par celui de civilisation, ce dernier rendant mieux pour le public français la notion que Freud entend par culture. (N. de la Trad.)

technique qui les ont édifiées peuvent aussi servir à leur anéantissement.

On acquiert ainsi l'impression que la civilisation est quelque chose d'imposé à une majorité récalcitrante par une minorité ayant compris comment s'approprier les moyens de puissance et de coercition. Il semble alors facile d'admettre que ces difficultés ne sont pas inhérentes à l'essence de la civilisation elle-même, mais sont conditionnées par l'imperfection des formes de culture ayant évolué jusqu'ici. De fait, il n'est pas difficile de mettre en lumière ces défauts. Tandis que l'humanité a fait des progrès constants dans la conquête de la nature et est en droit d'en attendre de plus grands encore, elle ne peut prétendre à un progrès égal dans la régulation des affaires humaines et il est vraisemblable qu'à toutes les époques comme aujourd'hui, bien des hommes se sont demandé si cette partie des acquisitions de la civilisation méritait vraiment d'être défendue. On pourrait croire qu'une régulation nouvelle des relations humaines serait possible laquelle renonçant à la contrainte et à la répression des instincts, tarirait les sources du mécontentement qu'inspire la civilisation, de sorte que les hommes, n'étant plus troublés par des conflits internes, pourraient s'adonner entièrement à l'acquisition des ressources naturelles et à la jouissance de celles-ci. Ce serait l'âge d'or, mais il est douteux qu'un état pareil soit réalisable. Il semble plutôt que toute civilisation doive s'édifier sur la contrainte et le renoncement aux instincts, il ne paraît pas même certain qu'avec la cessation de la contrainte, la majorité des individus fût prête à se soumettre aux labeurs nécessaires à l'acquisition de nouvelles ressources vitales. Il faut, je pense, compter avec le fait que chez tout homme existent des tendances destructives, donc antisociales et anticulturelles, et que, chez un grand nombre de personnes, ces tendances sont assez fortes pour déterminer leur comportement dans la société humaine.

Ce fait psychologique acquiert une importance décisive quand il s'agit de porter un jugement sur la civilisation. On pouvait d'abord penser que l'essentiel de celle-ci était la conquête de la nature aux fins d'acquérir des ressources vitales et que les dangers qui menacent la civilisation seraient éliminés par une répartition appropriée des biens ainsi acquis entre les hommes ; mais il semble maintenant que l'accent soit déplacé du matériel sur le psychique. La question décisive est celle-ci : réussira-t-on, et jusqu'à quel point, à diminuer le fardeau qu'est le sacrifice de leurs instincts et qui est imposé aux hommes, à réconcilier les hommes avec les sacrifices qui demeureront nécessaires et à les dédommager de ceux-ci ? On peut tout aussi peu se passer de la domination des foules par une minorité que de la contrainte qui impose les labeurs de la civilisation, car les foules sont inertes et inintelligentes, elles n'aiment pas les renoncements à l'instinct, on ne peut les convaincre par des arguments de l'inéluctabilité de ceux-ci et les individus qui les composent se supportent l'un l'autre pour donner libre jeu à leur propre dérèglement. Ce n'est que grâce à l'influence de personnes pouvant servir d'exemple, et qu'elles reconnaissent comme leurs guides, qu'elles se laissent inciter aux labeurs et aux renoncements sur lesquels repose la civilisation. Tout va bien quand ces chefs sont doués d'une vision supérieure des nécessités vitales et se sont élevés jusqu'à la domination de leurs propres désirs instinctifs. Mais un danger existe : afin de ne pas perdre l'influence dont ils jouissent, ils risquent de céder aux foules plus que les foules à eux-mêmes, et c'est pourquoi il semble nécessaire qu'ils disposent de moyens de coercition capables d'assurer leur indépendance des foules. En somme, deux caractères humains des plus répandus sont cause que l'édifice de la civilisation ne peut se soutenir sans une certaine dose de contrainte : les hommes n'aiment pas spontanément le travail et les arguments ne peuvent rien sur leurs passions.

Je sais ce que l'on objectera à ces assertions. On dira que le caractère des foules ici décrit, destiné à prouver l'inéluctabilité de la contrainte en vue des labeurs de la civilisation, n'est lui-même que la conséquence d'une organisation défectueuse de cette civilisation, organisation par laquelle les hommes ont été aigris et sont devenus assoiffés de vengeance et inabordables. Des générations nouvelles élevées avec amour et dans le respect de la pensée, ayant de bonne heure ressenti les bienfaits de la culture, auront à celle-ci d'autres rapports, la ressentiront comme leur bien propre et seront prêtes à lui consentir les sacrifices, en travail et en renoncement aux satisfactions de l'instinct, nécessaires à son maintien. Ces générations pourront se passer de contrainte et seront peu différenciées de leurs chefs. S'il n'y a pas eu jusqu'ici de foules humaines d'une qualité pareille dans aucune civilisation, c'est parce que aucune n'a encore su prendre les dispositions susceptibles d'influencer les hommes de cette manière, et ceci dès leur enfance.

On peut douter qu'il soit jamais possible, ou du moins déjà de nos jours, dans l'état présent de notre domination de la nature, de prendre de telles dispositions ; on peut se demander d'où surgirait la légion de guides supérieurs, sûrs et désintéressés, devant servir d'éducateurs aux générations futures ; on peut reculer effrayé à la pensée du colossal effort de contrainte qu'il faudra inévitablement déployer jusqu'à ce qu'un pareil but soit atteint. Mais on ne pourra contester le grandiose de ce plan, ni son importance pour l'avenir de la civilisation humaine. Il repose certes sur cette juste intelligence psychologique : l'homme est pourvu des dispositions instinctives les plus variées, et les événements précoces de l'enfance impriment à celles-ci leur orientation définitive. C'est aussi pourquoi les limites dans lesquelles un homme est éducable déterminent celles dans lesquelles une telle modification de la culture est possible. Il est permis de douter qu'un autre milieu civilisateur puisse, et dans quelle mesure, éteindre les deux caractères des foules humaines, qui rendent si difficile la conduite des affaires humaines. Cependant l'expérience n'a pas encore été faite. Un certain pourcentage de l'humanité – en vertu d'une disposition pathologique ou d'une force excessive de l'instinct –, restera sans doute toujours asociale, mais si l'on parvenait à réduire, jusqu'à n'être plus qu'une minorité, la majorité d'aujourd'hui qui est hostile à la culture, on aurait fait beaucoup, peut-être tout ce qui se peut faire.

Je ne voudrais pas qu'on eût l'impression que je me sois indûment écarté du chemin prescrit à ma recherche. Aussi veux-je expressément déclarer que je suis loin de vouloir porter un jugement sur la grande expérience culturelle qui se poursuit actuellement dans la vaste contrée étendue entre l'Europe et l'Asie. je n'ai ni la compétence ni la capacité voulues pour décider si elle est praticable, pour éprouver l'efficacité des méthodes employées, ou pour mesurer la largeur de la faille inévitable séparant intention et réalisation. Ce qui se prépare là-bas échappe en tant qu'inconclu à l'observation, tandis que notre civilisation, depuis longtemps fixée, offre une riche matière à notre étude.

II

Nous avons, sans le vouloir, glissé de l'économique au psychologique. Au début nous étions tentés de rechercher le propre de la civilisation dans les ressources matérielles présentes et dans l'organisation de leur répartition. Mais après avoir reconnu que toute culture repose sur la contrainte au travail et le renoncement aux instincts, et par suite provoque inévitablement l'opposition de ceux que frappent ces exigences, il apparaît clairement que les ressources elles-mêmes et les moyens de les acquérir et de les répartir ne peuvent constituer l'essentiel ni le caractère unique de la civilisation. Car l'esprit de révolte et la soif de destruction de ceux qui participent à la culture les menacent. C'est pourquoi à côté des ressources il y a les moyens devant servir à défendre la civilisation, ceux de coercition et tous autres moyens ayant pour but de réconcilier les hommes avec la civilisation et de les dédommager de leurs sacrifices. Ces derniers peuvent même être considérés comme constituant le patrimoine spirituel de la culture.

Afin d'unifier notre vocabulaire, nous désignerons le fait qu'un instinct ne soit pas satisfait par le terme de frustration, le moyen par lequel cette frustration est imposée, par celui d'interdiction, et l'état que produit l'interdiction par celui de privation. Il faut ensuite distinguer entre privations qui touchent tout le monde, et privations qui ne touchent pas tout le monde, mais seulement certains groupements, classes ou même individus. Les premières sont les plus anciennes ; par les interdictions qui les instituèrent voici des milliers et des milliers d'années, la civilisation commença à s'écarter de l'état primitif animal. Nous avons découvert, à notre grande surprise, que

9

ces privations n'ont rien perdu de leur force, qu'elles constituent encore à l'heure actuelle le noyau de l'hostilité contre la culture. Les désirs instinctifs qui ont à pâtir de par elle renaissent avec chaque enfant ; et il est toute une classe d'êtres humains, les névropathes, qui réagissent déjà à ces primitives privations en devenant asociaux. Ces désirs instinctifs sont ceux de l'inceste, du cannibalisme et du meurtre. Il peut paraître étrange de rapprocher ces désirs, que tous les hommes semblent unanimes à réprouver, de ces autres désirs, au sujet desquels, dans notre civilisation, il est si vivement discuté si l'on doit ou non les laisser se satisfaire, mais psychologiquement nous y sommes justifiés. L'attitude qu'a prise la culture envers ces trois plus anciens des désirs instinctifs n'est d'ailleurs nullement uniforme ; seul, le cannibalisme semble être réprouvé par tous et peut paraître à toute autre observation qu'à l'observation analytique entièrement abandonné ; la force des désirs incestueux se fait encore sentir derrière l'interdiction ; et le meurtre, au sein de notre civilisation, est, dans certaines conditions, encore d'usage, voire commandé. Peut-être la culture évoluera-t-elle de telle sorte que d'autres satisfactions instinctives, aujourd'hui tout à fait permises, sembleront un jour tout aussi inacceptables qu'aujourd'hui le cannibalisme.

Déjà, dans ces plus anciennes des renonciations à l'instinct, un facteur psychologique entre en jeu qui garde son importance pour tout ce qui va suivre. Il n'est pas exact de dire que l'âme humaine n'a subi aucune évolution depuis les temps primitifs, et qu'en opposition aux progrès de la science et de la technique elle est aujourd'hui encore la même qu'aux origines de l'histoire. Nous pouvons ici faire voir l'un de ces progrès psychiques. Il est conforme à notre évolution que la contrainte externe soit peu à peu intériorisée, par ceci qu'une instance psychique particulière, le surmoi de l'homme, la prend à sa charge. Chacun de nos enfants est à son tour le théâtre de cette transformation ; ce n'est que grâce à elle qu'il devient un être moral et social. Ce renforcement du surmoi est un patrimoine psychologique de haute valeur pour la culture. Ceux chez qui il a eu lieu deviennent, de ses ennemis, ses supports. Plus leur nombre dans un milieu culturel est grand, plus assurée est cette civilisation, et mieux elle peut se passer de moyens externes de coercition. Mais le degré d'intériorisation des interdictions varie beaucoup suivant les instincts frappés par chacune de celles-ci. En ce qui touche aux plus anciennes exigences de la culture, déjà mentionnées, l'intériorisation semble largement réalisée, si nous laissons de côté l'inopportune exception constituée par les névropathes. Mais les choses changent de face si nous considérons les autres exigences instinctives. On observe alors, avec surprise et souci, que la majorité des hommes obéit aux défenses culturelles s'y rattachant sous la seule pression de la contrainte externe, par conséquent là seulement où cette contrainte peut se faire sentir et tant qu'elle est à redouter. Ceci s'applique aussi à ces exigences culturelles dites morales qui touchent tout le monde de la même façon. Quand on entend dire qu'on ne peut se fier à la moralité des hommes, il est le plus souvent question de choses de ce ressort. Il est d'innombrables civilisés qui reculeraient épouvantés à l'idée du meurtre ou de l'inceste, mais qui ne se refusent pas la satisfaction de leur cupidité, de leur agressivité, de leurs convoitises sexuelles, qui n'hésitent pas à nuire à leur prochain par le mensonge, la tromperie, la calomnie, s'ils peuvent le faire avec impunité. Et il en fut sans doute ainsi de temps culturels immémoriaux.

Si nous considérons à présent les restrictions qui ne touchent qu'à certaines classes de la société, on se trouve en présence d'un état de choses évident et qui ne fut d'ailleurs jamais méconnu. Il faut s'attendre à ce que ces classes lésées envient aux privilégiés leurs privilèges et à ce qu'elles fassent tout ce qui sera en leur pouvoir pour se libérer de leur fardeau de privations supplémentaires. Là où cela n'est pas possible, une quantité durable de mécontentement se fera jour au sein de cette civilisation, ce qui peut mener à de dangereuses révoltes. Mais quand une civilisation n'a pas dépassé le stade où la satisfaction d'une partie de ses participants a pour condition l'oppression des autres, peut-être de la majorité, ce qui est le cas de toutes les civilisations actuelles, il est compréhensible qu'au cœur des opprimés grandisse une hostilité intense contre la civilisation rendue possible par leur labeur mais aux ressources de laquelle ils ont une trop faible part. On ne peut alors s'attendre à trouver une intériorisation des interdictions culturelles chez ces opprimés ; ils sont bien plutôt prêts à ne pas reconnaître ces interdictions, ils tendent à détruire la civilisation elle-même, voire à nier éventuellement les bases sur lesquelles elle repose. Ces classes sont si manifestement hostiles à la culture que l'hostilité latente des classes sociales mieux partagées est par comparaison passée inaperçue. Inutile de dire qu'une civilisation qui laisse insatisfaits un aussi grand nombre de ses participants et les conduit à la rébellion n'a aucune perspective de se maintenir de façon durable et ne le mérite pas.

Le degré d'intériorisation des règles culturelles – pour parler de manière populaire et non psychologique : le niveau moral de ses participants – n'est pas le seul bien d'ordre psychique qu'il convienne de considérer quand il s'agit de juger de la valeur d'une civilisation. Il y a encore son patrimoine d'idéals et de créations artistiques, ce qui revient à dire : les satisfactions qui émanent de ces idéals et de ces créations.

On ne sera que trop porté à englober dans le patrimoine spirituel d'une civilisation ses idéals, c'est-à-dire ses jugements relativement à ce qui est le plus élevé et à ce qu'il est le plus souhaitable d'accomplir. Il semblerait au premier abord que ces idéals dussent déterminer les formes d'activité du groupe culturel, mais l'ordre réel des facteurs doit être celui-ci : les idéals se modèlent sur les premières formes d'activité que la coopération des dons innés et des circonstances extérieures permettent pour une civilisation donnée, et ensuite ces premières activités se fixent sous forme d'un idéal afin de servir d'exemples à suivre. Ainsi, la satisfaction qu'un idéal accorde aux participants d'une civilisation donnée est d'ordre narcissique, elle repose sur l'orgueil de ce qui a déjà été accompli avec succès. Afin de parachever cette satisfaction, chaque civilisation se compare aux autres cultures, qui se sont consacrées à d'autres tâches et se sont érigé d'autres idéals. Grâce à ces différences, chaque civilisation s'arroge le droit de mépriser les autres. C'est ainsi que les idéals culturels deviennent une cause de discorde et d'inimitié, entre groupes culturels différents, ainsi qu'on peut clairement le voir entre nations.

La satisfaction narcissique engendrée par l'idéal culturel est d'ailleurs une des forces qui contrebalance le plus efficacement l'hostilité contre la civilisation à l'intérieur même du groupe culturel. Non seulement les classes privilégiées, celles qui jouissent des bienfaits de cette culture, mais encore les opprimés y peuvent participer, le droit de mépriser ceux qui n'appartiennent pas à leur culture les dédommageant alors des préjudices qu'ils subissent à l'intérieur de leur propre groupe. On est certes un misérable plébéien, la proie de toutes sortes d'obligations et du service militaire, mais on est en échange citoyen romain, on a sa part à la tâche de dominer les autres nations et de leur dicter des lois. Cette identification des opprimés à la classe qui les gouverne et les exploite n'est cependant qu'une partie d'un plus vaste ensemble. Les opprimés peuvent par ailleurs être attachés affectivement à ceux qui les oppriment, et malgré leur hostilité contre ceux-ci voir en leurs maîtres leur idéal. Si de telles relations, au fond satisfaisantes, n'existaient pas, il serait incompréhensible que tant de civilisations aient pu se maintenir si longtemps malgré l'hostilité justifiée des foules.

D'autre sorte est la satisfaction que l'art dispense aux participants d'une civilisation, bien que cette satisfaction reste en règle générale inaccessible aux foules, absorbées par un travail épuisant et n'ayant pas reçu l'éducation personnelle voulue. L'art, ainsi que nous le savons depuis longtemps, nous donne des satisfactions substitutives, en compensation des plus anciennes renonciations culturelles, de celles qui sont ressenties encore le plus profondément, et par là n'a pas son égal pour réconcilier l'homme avec les sacrifices qu'il a faits à la civilisation. Par ailleurs, les œuvres de l'art exaltent les sentiments d'identification, dont chaque groupe culturel a si grand besoin, en nous fournissant l'occasion d'éprouver en commun de hautes jouissances ; elles se mettent encore au service d'une satisfaction narcissique, lorsqu'elles figurent les œuvres d'une culture déterminée, lorsqu'elles lui rappellent de façon saisissante ses idéals.

La partie la plus importante de l'inventaire psychique d'une civilisation n'a pas encore été mentionnée. Ce sont, au sens le plus large, ses idées religieuses, – en d'autres termes, que nous justifierons plus tard, ses illusions.

III

En quoi réside la valeur particulière des idées religieuses ? Nous venons de parler de l'hostilité contre la civilisation, engendrée par la pression que celle-ci exerce, par les renonciations aux instincts qu'elle exige. S'imagine-ton toutes ses interdictions levées, alors on pourrait s'emparer de toute femme qui vous plairait, sans hésiter, tuer son rival ou quiconque vous barrerait le chemin, ou bien dérober à autrui, sans son assentiment, n'importe lequel de ses biens ; que ce serait donc beau et quelle série de satisfactions nous offrirait alors la vie ! Mais la première difficulté se laisse à la vérité vite découvrir. Mon prochain a exactement les mêmes désirs que moi et il ne me traitera pas avec plus d'égards que je ne le traiterai moi-même. Au fond, si les entraves dues à la civilisation étaient brisées, ce n'est qu'un seul homme qui pourrait jouir d'un bonheur illimité, un tyran, un dictateur ayant monopolisé tous les moyens de coercition, et alors lui-même aurait toute raison de souhaiter que les autres observassent du moins ce commandement culturel : tu ne tueras point.

Mais quelle ingratitude, quelle courte vision que d'aspirer à l'abolition de la culture ! Ce qui resterait alors serait l'état de nature, et celui-ci est de beaucoup plus difficile à supporter. Il est vrai, la nature ne nous demande pas de restreindre nos instincts, elle leur laisse toute liberté, mais elle a sa manière, et particulièrement efficace, de nous restreindre : elle nous détruit froidement, cruellement, brutalement, d'après nous, et ceci justement parfois à l'occasion de nos satisfactions. C'est précisément à cause de ces dangers dont la nature nous menace que nous nous sommes rapprochés et avons créé la civilisation qui, entre autres raisons d'être, doit nous permettre de vivre en commun. À la vérité, la tâche principale de la civilisation, sa raison d'être essentielle est de nous protéger contre la nature.

On le sait, elle s'acquitte, sur bien des chapitres, déjà fort bien de cette tâche et plus tard elle s'en acquittera évidemment un jour encore bien mieux. Mais personne ne nourrit l'illusion que la nature soit déjà domptée, et bien peu osent espérer qu'elle soit un jour tout entière soumise à l'homme. Voici les éléments, qui semblent se moquer de tout joug que chercherait à leur imposer l'homme : la terre, qui tremble, qui se fend, qui engloutit l'homme et son œuvre, l'eau, qui se soulève, et inonde et noie toute chose, la tempête, qui emporte tout devant soi ; voilà les maladies, que nous savons depuis peu seulement être dues aux attaques d'autres êtres vivants, et enfin l'énigme douloureuse de la mort, de la mort à laquelle aucun remède n'a jusqu'ici été trouvé et ne le sera sans doute jamais. Avec ces forces la nature se dresse contre nous, sublime, cruelle, inexorable ; ainsi elle nous rappelle notre faiblesse, notre détresse, auxquelles nous espérions nous soustraire grâce au labeur de notre civilisation. C'est un des rares spectacles nobles et exaltants que les hommes puissent offrir que de les voir, en présence d'une catastrophe due aux éléments, oublier leurs dissensions, les querelles et animosités qui les divisent pour se souvenir de leur grande tâche commune : le maintien de l'humanité face aux forces supérieures de la nature.

Pour l'individu comme pour l'humanité en général, la vie est difficile à supporter. La civilisation à laquelle il a part lui impose un certain degré de privation, les autres hommes lui occasionnent une certaine dose de souffrance, ou bien en dépit des prescriptions de cette civilisation ou bien de par l'imperfection de celle-ci. À cela s'ajoutent les maux que la nature indomptée il l'appelle le destin – lui inflige. Une anxiété constante des malheurs pouvant survenir et une grave humiliation du narcissisme naturel devraient être la conséquence de cet état. Nous savons déjà comment l'individu réagit aux dommages que lui infligent et la civilisation et les autres hommes : il oppose une résistance, proportionnelle à sa souffrance, aux institutions de cette civilisation, une hostilité contre celle-ci. Mais comment se met-il en défense contre les forces supérieures de la nature, du destin, qui le menacent ainsi que tous les hommes ?

La civilisation le décharge de cette tâche et elle le fait de façon semblable pour tous. Il est d'ailleurs remarquable que presque toutes les cultures se comportent ici de même. La civilisation ne fait pas ici halte dans sa tâche de défendre l'homme contre la nature elle change simplement de méthode. La tâche est ici multiple le sentiment de sa propre dignité qu'a l'homme et qui se trouve gravement menacé, aspire à des consolations ; l'univers et la vie doivent être libérés de leurs terreurs ; en outre la curiosité humaine, certes stimulée par les considérations pratiques les plus puissantes, exige une réponse.

Le premier pas dans ce sens est déjà une conquête. Il consiste à « humaniser » la nature. On ne peut aborder des forces et un destin impersonnels, ils nous demeurent à jamais étrangers. Mais si au cœur des éléments les mêmes passions qu'en notre âme font rage, si la mort elle-même n'est rien de spontané, mais un acte de violence due à une volonté maligne, si nous sommes environnés, partout dans la nature, d'êtres semblables aux humains qui nous entourent, alors nous respirons enfin, nous nous sentons comme chez nous dans le surnaturel, alors nous pouvons élaborer psychiquement notre peur, à laquelle jusque-là nous ne savions trouver de sens. Nous sommes peut-être encore désarmés, mais nous ne sommes plus paralysés sans espoir, nous pouvons du moins réagir, peut-être même ne sommes-nous pas vraiment désarmés : nous pouvons en effet avoir recours contre ces violents surhommes aux mêmes méthodes dont nous nous servons au sein de nos sociétés humaines, nous pouvons essayer de les conjurer, de les apaiser, de les corrompre, et, ainsi les influençant, nous leur déroberons une partie de leur pouvoir. Ce remplacement d'une science naturelle par une psychologie ne nous procure pas qu'un soulagement immédiat, elle nous montre dans quelle voie poursuivre afin de dominer la situation mieux encore.

Car cette situation n'est pas nouvelle, elle a un prototype infantile, dont elle n'est en réalité que la continuation. Car nous nous sommes déjà trouvés autrefois dans un pareil état de détresse, quand nous étions petit enfant en face de nos parents. Nous avions des raisons de craindre ceux-ci, surtout notre père, bien que nous fussions en même temps certains de sa protection contre les dangers que nous craignions alors. Ainsi l'homme fut amené à rapprocher l'une de l'autre ces deux situations, et, comme dans la vie du rêve, le désir y trouve aussi son compte. Le dormeur éprouve-t-il un pressentiment de mort, qui cherche à le transporter dans la tombe, l'élaboration du rêve sait choisir la condition grâce à laquelle cet événement redouté devient la réalisation d'un désir, et le rêveur se trouvera par exemple transporté dans un tombeau étrusque, dans lequel il se croira descendu plein de joie de pouvoir enfin satisfaire à ses intérêts archéologiques. De même l'homme ne fait pas des forces naturelles de simples hommes avec lesquels il puisse entrer en relation comme avec ses pareils – cela ne serait pas conforme à l'impression écrasante qu'elles lui font – mais il leur donne les caractères du père, il en fait des dieux, suivant en ceci non pas seulement un prototype infantile mais encore phylogénique, ainsi que j'ai tenté de le montrer ailleurs. Au cours des temps, les premières observations révélant la régularité et la légalité des phénomènes de la nature font perdre aux forces naturelles leurs traits humains. Mais la détresse humaine demeure et avec elle la nostalgie du père et des dieux. Les dieux gardent leur triple tâche à accomplir : exorciser les forces de la nature, nous réconcilier avec la cruauté du destin, telle qu'elle se manifeste en particulier dans la mort, et nous dédommager des souffrances et des privations que la vie en commun des civilisés impose à l'homme.

Mais entre ces trois fonctions des dieux l'accent se déplace peu à peu. On finit par remarquer que les phénomènes de la nature se déroulent d'eux-mêmes suivant des nécessités internes ; certes les dieux sont les maîtres de la nature, c'est eux qui l'ont faite telle qu'elle est et maintenant ils peuvent l'abandonner à elle-même. Ce n'est qu'à de rares occasions que les dieux interviennent dans le cours des phénomènes naturels, lorsqu'ils font un miracle, et ceci comme pour nous assurer qu'ils n'ont rien perdu de leur pouvoir primitif. En ce qui touche aux vicissitudes du destin, un sentiment vague et désagréable nous avertit qu'il ne saurait être remédié à la détresse et au désemparement du genre humain. C'est surtout ici que les dieux faillent : s'ils font eux-mêmes le destin, alors il faut avouer que leurs voies sont insondables. Le peuple le plus doué de l'Antiquité soupçonna vaguement les Moires d'être au-dessus des dieux et les dieux eux-mêmes d'être soumis au destin. Et plus la nature devient autonome, et plus les dieux s'en retirent, plus toutes les expectatives se concentrent sur leur troisième tâche, plus la moralité devient leur réel domaine. Alors la tâche des dieux devient de parer aux défauts de la civilisation et aux dommages qu'elle cause, de s'occuper des souffrances que les hommes s'infligent les uns aux autres de par leur vie en commun, de veiller au maintien des prescriptions de la civilisation, prescriptions auxquelles les hommes obéissent si mal. Une origine divine est attribuée aux prescriptions de la civilisation, elles sont élevées à une dignité qui dépasse les sociétés humaines, et étendues à l'ordre de la nature et à l'évolution de l'univers.

Ainsi se constitue un trésor d'idées, né du besoin de rendre supportable la détresse humaine, édifié avec le matériel fourni par les souvenirs de la détresse où se trouvait l'homme lors de sa propre enfance comme aux temps de l'enfance du genre humain. Il est aisé de voir que, grâce à ces acquisitions, l'homme se sent protégé de deux côtés : d'une part contre les dangers de la nature et du destin, d'autre part contre les dommages causés par la société humaine.

Tout ceci revient à dire que la vie, en ce monde, sert un dessein supérieur, dessein dont la nature est certes difficile à deviner, mais dans lequel un perfectionnement de l'être de l'homme est à coup sûr impliqué. Probablement la partie spirituelle de l'homme, l'âme, qui s'est séparée si lentement et si à contrecœur du corps, au cours des temps, sera-t-elle l'objet de cette exaltation. Tout ce qui a lieu en ce monde doit être considéré comme l'exécution des desseins d'une Intelligence supérieure à la nôtre, qui, bien que par des voies et des détours difficiles à suivre, arrange toutes choses au mieux, c'est-à-dire pour notre bien. Sur chacun de nous veille une Providence bienveillante, qui n'est sévère qu'en apparence, Providence qui ne permet pas que nous devenions le jouet des forces naturelles, écrasantes et impitoyables ; la mort elle-même n'est pas l'anéantissement, pas le retour à l'inanimé, à l'inorganique, elle est le début d'une nouvelle sorte d'existence, étape sur la route d'une plus haute évolution. Et, en ce qui regarde l'autre face de la question, les mêmes lois morales sur lesquelles se sont édifiées nos civilisations gouvernent aussi l'univers, mais là une cour de justice plus haute veille à leur observation avec incomparablement plus de force et de logique. Le bien trouve toujours en fin de compte sa récompense, le mal son châtiment, si ce n'est pas dans cette vie-ci, du moins dans les existences ultérieures qui commencent après la mort. Ainsi toutes les terreurs, souffrances, cruautés de la vie seront effacées ; la vie d'après la mort, qui continue notre vie terrestre, comme la partie invisible du spectre s'adjoint à la visible, nous apportera toute la perfection, tout l'idéal, qui nous ont peut-être fait défaut ici-bas. Et la sagesse supérieure qui préside à ces destinées, la suprême bonté qui s'y manifeste, la justice qui s'y réalise, telles sont les qualités des êtres divins qui ont créé et nous et l'univers. Ou plutôt de l'Être divin unique en lequel, dans notre civilisation, tous les dieux des temps primitifs se sont condensés. Le peuple qui réalisa le premier une pareille concentration des qualités divines ne fut pas peu fier d'un tel progrès. Il avait mis au jour le nucleus paternel, dissimulé mais présent dans toutes les figures divines ; c'était un fond un retour aux débuts historiques de l'idée de Dieu. À présent que Dieu était l'unique, les relations de l'homme à lui pouvaient recouvrer l'intimité et l'intensité des rapports de l'enfant au père. Qui avait tant fait pour le père voulait aussi en être récompensé ; au moins être le seul enfant aimé du père, le peuple élu. Bien plus tard, la pieuse Amérique devait émettre la prétention d'être God's own country, et en ce qui regarde l'une des formes sous lesquelles l'homme adore la divinité, cette prétention est justifiée.

Les idées religieuses qui viennent d'être résumées ont naturellement subi une longue évolution et ont été adoptées à leurs diverses phases par les diverses civilisations. J'ai choisi ici une seule de ces phases évolutives, celle qui correspond à peu près à la phase finale que présente la civilisation chrétienne actuelle des races blanches occidentales. Il est aisé de voir que les pièces de cet ensemble ne s'accordent pas toutes également bien, qu'il n'est pas répondu à toutes les questions les plus pressantes, et que les contradictions qu'implique l'expérience quotidienne ne peuvent être qu'à grand-peine levées. Mais, telles qu'elles sont, ces idées – les idées religieuses au sens le plus large du mot – sont considérées comme le plus précieux patrimoine de la civilisation, la plus haute valeur qu'elle ait à offrir à ses participants, valeur estimée plus haut que tout l'art d'arracher ses trésors à la terre, de pourvoir à la subsistance des hommes ou de vaincre leurs maladies, etc. Les hommes pensent qu'ils ne pourraient supporter la vie s'ils n'attribuaient pas à ces idées la valeur à laquelle on prétend qu'elles ont droit. Et à présent la question se pose : que sont ces idées au jour de la psychologie, d'où dérive la haute estime où on les tient ? Nous nous hasarderons même à le demander : quelle est leur valeur réelle ?

IV

Une enquête qui se poursuit à la façon d'un monologue ininterrompu n'est pas absolument sans dangers. On cède trop aisément à la tentation d'écarter les pensées qui voudraient l'interrompre, et l'on acquiert en échange un sentiment d'incertitude que l'on cherche finalement à étouffer sous une assurance exagérée. Je vais donc me figurer que j'ai un adversaire ; il suivra mon argumentation dans un esprit de méfiance, et je le laisserai de-ci de-là placer un mot. je crois l'entendre dire : « Vous avez à plusieurs reprises employé ces termes : les idées religieuses sont une création de la civilisation, la civilisation les met à la disposition de ses participants ; or ces termes me semblent quelque peu étranges. Je ne saurais moi-même dire pourquoi, mais cela ne me paraît pas aller de soi comme lorsqu'on dit que la civilisation a organisé la répartition des produits du travail, ou bien les droits sur la femme et l'enfant. »

– Je crois néanmoins que l'on est en droit de s'exprimer ainsi. J'ai tenté de montrer que les idées religieuses sont issues du même besoin que toutes les autres conquêtes de la civilisation : la nécessité de se défendre contre l'écrasante suprématie de la nature. À cela s'ajoutait un deuxième motif : l'impérieux désir de corriger les imperfections de la culture, imperfections douloureusement ressenties. En outre, il est particulièrement juste de dire que la civilisation donne à l'individu ces idées, car il les trouve déjà existantes, elles lui sont présentées toutes faites, et il ne serait pas à même de les découvrir tout seul. Elles sont le patrimoine d'une suite de générations, il en hérite, il le reçoit, tout comme la table de multiplication, la géométrie, etc. Il y a là, certes, une différence, mais elle réside ailleurs, ici nous ne pouvons encore la faire voir. Le sentiment d'étrangeté auquel vous faites allusion est peut-être dû en partie à ce fait que l'on a coutume de nous offrir ce patrimoine d'idées religieuses comme étant une révélation divine. Mais ceci est déjà en soi une partie du système religieux, et l'on néglige de ce fait toute l'évolution historique bien connue de ces idées et leurs variations suivant les différentes époques et les diverses civilisations.

– « Un autre point me semble plus important. Vous faites dériver l'humanisation de la nature du besoin qu'éprouve l'homme de mettre fin à son désemparement et à sa détresse en face des redoutables forces de la nature ; ainsi il peut entrer en rapport avec elles et finir par les influencer. Mais une pareille motivation semble superflue. Car l'homme primitif n'a pas le choix : il ne possède pas d'autre mode de penser. Il lui est naturel, et comme inné, de projeter sa propre essence dans le monde extérieur, de regarder tous les événements qu'il observe comme étant dus à des êtres au fond semblables à lui-même. C'est là son unique méthode de compréhension. Et cela ne va nullement de soi, bien plus il y a là une remarquable coïncidence, que de voir l'homme réussir à satisfaire l'un de ses besoins les plus importants rien qu'en laissant le champ libre à sa disposition naturelle. »

– Je ne le trouve pas si étonnant. Croyez-vous que la pensée des hommes ne possède pas de motifs pratiques, et ne soit que l'expression d'une curiosité désintéressée ? Ce serait très invraisemblable. je croirai plutôt que l'homme, quand il personnifie les forces de la nature, suit une fois de plus un modèle infantile. Il a appris, des personnes qui constituaient son premier entourage, que, pour les influencer, il fallait établir avec elles une relation ; c'est pourquoi plus tard il agit de même, dans une même intention, avec tout ce qu'il rencontre sur son chemin. Je ne contredis pas ainsi votre observation d'ordre descriptif : il est vraiment naturel à l'homme de personnifier tout ce qu'il veut comprendre, afin de le maîtriser par la suite, – c'est là la maîtrise psychique qui prépare la maîtrise physique – mais je propose en outre un motif et une genèse à ce mode particulier de la pensée humaine.

– « Il y a encore un troisième point. Vous avez déjà traité autrefois de l'origine des religions dans votre livre Totem et Tabou. Mais les choses apparaissent là sous un autre jour. Tout y est ramené à la relation fils-père. Dieu est un père exalté, la nostalgie du père est la racine du besoin religieux. Depuis lors, semble-t-il, vous avez découvert le facteur de la faiblesse et de la détresse humaines, auquel de fait le rôle le plus important est d'ordinaire attribué dans la genèse des religions, et maintenant vous transférez à la détresse tout ce qui était auparavant complexe paternel. Puis-je vous demander de m'éclairer sur cette transformation de votre pensée ? »

– Volontiers, j'attendais seulement cette invite. Mais peut-on vraiment dire que ma pensée s'est transformée ? Dans Totem et Tabou, mon dessein n'était pas d'expliquer l'origine des religions, mais seulement celle du totémisme. Pouvez-vous, d'un point de vue quelconque à vous connu, expliquer ce fait que la première forme sous laquelle la divinité protectrice se révéla aux hommes fut la forme animale, qu'il était défendu de tuer cet animal et de le manger, et que cependant une fois l'an – coutume solennelle – on le tuait et on le mangeait en commun ? C'est justement ce qui a lieu dans le totémisme. Et cela ne mènerait à rien que d'entamer une discussion pour savoir s'il convient d'appeler le totémisme une religion. Il possède des rapports intimes avec les religions ultérieures où apparaissent des dieux, les animaux totems deviennent les animaux sacrés des dieux. Et les premières, mais aussi les plus importantes des restrictions dictées par la morale – l'interdiction du meurtre et celle de l'inceste – prennent naissance dans le totémisme. Que vous acceptiez ou non les conclusions de Totem et Tabou, j'espère que vous conviendrez de ce que, dans ce livre, un certain nombre de faits isolés fort curieux sont rassemblés en un ensemble qui se tient.

Quant à la raison pour laquelle le dieu animal ne suffit plus à la longue et fut remplacé par le dieu humain, ce problème a été à peine effleuré dans Totem et Tabou ; de même d'autres problèmes de la formation des religions n'y sont nullement mentionnés. Mais pensez-vous qu'une telle limitation soit équivalente à une négation ? Mon travail est un bon exemple de l'isolement où l'on peut tenir la part que l'observation psychanalytique apporte à la solution du problème religieux. Quand j'essaie à présent d'y adjoindre autre chose de moins profondément caché, il ne faut pas plus m'accuser aujourd'hui de me contredire qu'autrefois d'être unilatéral. Ma tâche est naturellement de montrer la voie reliant ce que j'ai dit alors à ce que j'avance aujourd'hui, la motivation profonde à la manifeste, le complexe paternel à la détresse des hommes et à leur besoin de secours.

Cette voie n'est pas difficile à découvrir. Elle est constituée par les rapports reliant la détresse infantile à la détresse adulte qui la prolonge, de telle sorte que, ainsi qu'on pouvait s'y attendre, la motivation psychanalytique de la formation des religions se trouve être la contribution infantile à sa motivation manifeste.

Représentons-nous la vie psychique du petit enfant. Vous vous rappelez le choix de l'objet sur le type du « chercher appui » dont parle l'analyse ? La libido suit la voie des besoins narcissiques et s'attache aux objets qui assurent leur satisfaction. Ainsi la mère, qui satisfait la faim, devient le premier objet d'amour et certes de plus la première protection contre tous les dangers indéterminés qui menacent l'enfant dans le monde extérieur ; elle devient, peut-on dire, la première protection contre l'angoisse.

La mère est bientôt remplacée dans ce rôle par le père plus fort, et ce rôle reste dévolu au père durant tout le cours de l'enfance. Cependant la relation au père est affectée d'une ambivalence particulière. Le père constituait lui-même un danger, peut-être en vertu de la relation primitive à la mère. Aussi inspire-t-il autant de crainte que de nostalgie et d'admiration. Les signes de cette ambivalence marquent profondément toutes les religions, comme je l'ai montré dans Totem et Tabou. Et quand l'enfant, en grandissant, voit qu'il est destiné à rester a jamais un enfant, qu'il ne pourra jamais se passer de protection contre des puissances souveraines et inconnues., alors il prête à celles-ci les traits de la figure paternelle, il se crée des dieux, dont il a peur, qu'il cherche à se rendre propices et auxquels il attribue cependant la tâche de le protéger. Ainsi la nostalgie qu'a de son père l'enfant coïncide avec le besoin de protection qu'il éprouve en vertu de la faiblesse humaine ; la réaction défensive de l'enfant contre son sentiment de détresse prête à la réaction au sentiment de détresse que l'adulte éprouve à son tour, et qui engendre la religion, ses traits caractéristiques. Mais ce n'est pas notre dessein d'étudier plus profondément l'évolution de l'idée de Dieu ; nous ne nous occupons ici que du trésor tout constitué des idées religieuses tel que la civilisation le transmet à l'individu.

V

Poursuivons à présent notre enquête : quelle est la signification psychologique des idées religieuses, sous quelle rubrique pouvons-nous les classer ? Il n'est pas du tout facile au premier abord de répondre à cette question. Après avoir rejeté diverses formules, on s'en tiendra à celle-ci : les idées religieuses sont des dogmes, des assertions touchant des faits et des rapports de la réalité externe (ou interne), et ces dogmes nous apprennent des choses que nous n'avons pas découvertes par nous-mêmes et qui exigent de notre part un acte de foi. Comme ils nous renseignent sur ce qui, dans la vie, nous semble le plus important et le plus intéressant, ces dogmes sont estimés particulièrement haut. Qui les ignore est très ignorant, qui les a incorporés à son savoir peut se considérer comme possédant une connaissance très enrichie.

Il y a bien entendu beaucoup de « dogmes », relatifs aux choses les plus variées de ce monde. Toute heure passée sur les bancs de l'école en est remplie. Tenons-nous-en à la géographie. Nous entendons dire à l'école : Constance est sur le Bodensee (lac de Constance). Une chanson d'étudiant ajoute : qui ne le croit pas y aille voir ! Il se trouve que j'y ai été et je puis confirmer la chose : cette jolie ville est située sur le rivage d'une vaste étendue d'eau que tous les habitants d'alentour appellent le Bodensee. Aussi suis-je à présent entièrement convaincu de la justesse de cette assertion géographique. Mais je me rappelle à ce propos un autre incident tout à fait curieux.

Homme mûr déjà, je me trouvais pour la première fois à Athènes sur la colline de l'Acropole, parmi les ruines des temples, regardant au loin la mer bleue. A ma joie se mêlait un sentiment d'étonnement, qui me poussait à me dire : « Ainsi les choses sont vraiment telles qu'on nous l'apprenait à l'école ! Faut-il qu'alors ma foi en ce que j'entendais ait été sans profondeur ni force pour que je puisse aujourd'hui être si surpris » Mais je ne veux pas attacher trop de poids à cet incident une autre explication de ma surprise est encore possible, explication qui ne me vint pas alors à l'idée ; elle serait de nature absolument subjective et en rapport avec le caractère particulier du lieu.

Tous les « dogmes » de cette nature réclament ainsi la croyance en ce qu'ils affirment, mais ils ne restent pas sans fonder cette prétention. Ils sont, disent-ils, le résultat, le résumé de démarches cogitatives longues, basées sur l'observation et certes aussi sur le raisonnement ; ils montrent la voie à celui qui, au lieu d'accepter ce résultat tout fait, a l'intention de refaire lui-même ces démarches. Et il est toujours fait part de la source de la connaissance que confèrent ces dogmes, quand cette source ne constitue pas, comme dans les assertions géographiques, une évidence. Par exemple : la terre a la forme d'un globe ; on en apporte comme preuves à l'appui l'expérience du pendule de Foucault, les phénomènes de l'horizon, la circumnavigation de la terre. Comme il est impossible – ainsi que tout le monde peut le saisir – d'envoyer tous les enfants des écoles faire le tour du monde, on se contente de laisser reposer sur la foi l'enseignement de l'école, mais l'on sait que le chemin de la conviction personnelle reste ouvert.

Essayons d'appliquer les mêmes tests aux dogmes religieux. Demandons-nous sur quoi se fonde leur prétention à notre croyance, nous recevons trois réponses qui s'accordent remarquablement mal entre elles. En premier lieu, ils méritent créance parce que nos premiers ancêtres y croyaient déjà ; en second lieu, nous en possédons des preuves qui datent justement de ces temps primitifs et se sont transmises jusqu'à nous ; en troisième lieu, il est en tout cas défendu de poser la question de leur authenticité. Cet acte téméraire était autrefois puni des peines les plus sévères et aujourd'hui encore la société ne voit pas d'un bon œil qui se permet de le renouveler.

Ce troisième point est fait pour éveiller au plus haut degré nos soupçons. Une telle interdiction ne peut en effet avoir qu'un seul motif ; la société sait fort bien quelle base incertaine possèdent ses doctrines religieuses. S'il en était autrement, elle mettrait, certes, volontiers à la disposition de quiconque voudrait acquérir une conviction personnelle le matériel nécessaire. C'est pourquoi nous abordons, avec un sentiment de méfiance difficile à faire taire, l'examen des deux autres arguments. Il nous faut croire, parce que nos ancêtres ont cru. Mais ces ancêtres étaient bien plus ignorants que nous, ils croyaient à des choses qu'il nous est aujourd'hui impossible d'admettre. Il est donc possible que les doctrines religieuses entrent elles-mêmes dans cette catégorie. Et les preuves qu'ils nous ont léguées sont consignées dans des écrits eux-mêmes affectés de tous les caractères de l'incertitude. Ces écrits sont pleins de contradictions, révisions, interpolations ; là où ils parlent de confirmations authentiques, ils ne sont eux-mêmes pas dignes de foi. Le fait qu'ils allèguent comme origine de leur texte ou du moins de leur fond une révélation divine n'est pas d'un grand poids, car cette affirmation fait elle-même partie de ce corps de doctrine dont il s'agit d'examiner l'authenticité, et aucune proposition ne saurait se prouver elle-même.

Nous arrivons ainsi à cette singulière conclusion : de tout notre patrimoine culturel, c'est justement ce qui pourrait avoir pour nous le plus d'importance, ce qui a pour tâche de nous expliquer les énigmes de l'univers et de nous réconcilier avec les souffrances de la vie, c'est justement cela qui est fondé sur les preuves les moins solides. Nous ne pourrions nous résoudre à admettre un fait aussi indifférent que celui-ci : les baleines mettent au monde leurs petits vivants au lieu de pondre les œufs, si ce fait n'était pas mieux prouvé.

Cet état de choses est en soi un très curieux problème psychologique. Que personne n'aille croire, d'ailleurs, que les remarques précédentes touchant l'impossibilité de prouver les doctrines religieuses contiennent quoi que ce soit de nouveau. Cette impossibilité a été reconnue de tout temps, et certainement aussi par les ancêtres qui nous ont légué cet héritage. Sans doute beaucoup d'entre eux ont-ils nourri les mêmes doutes que nous, mais une pression trop forte s'exerçait sur eux pour qu'ils osassent les exprimer. Et depuis lors, d'innombrables hommes ont été tourmentés des mêmes doutes, doutes qu'ils auraient voulu étouffer, parce qu'ils pensaient de leur devoir de croire ; de nombreuses et brillantes intelligences ont échoué de par ce conflit, et bien des caractères se sont vus entamés en vertu des compromis par lesquels ils cherchaient à en sortir.

Si toutes les preuves que l'on allègue en faveur de l'authenticité des dogmes religieux émanent du passé, il semble naturel de jeter un coup d'œil alentour afin de voir si le présent, plus aisé à juger, ne fournirait pas aussi de semblables preuves. Si l'on réussissait ainsi à arracher au doute fût-ce une seule parcelle du système religieux, par là l'ensemble gagnerait extraordinairement en crédibilité. C'est ici qu'intervient l'activité des spirites ; ils sont convaincus de la survivance de l'âme individuelle et ils voudraient nous démontrer que cet article de la doctrine religieuse est indubitable. Malheureusement ils ne sont pas parvenus à réfuter ce fait que les apparitions et manifestations de leurs esprits ne sont que le produit de leur propre activité psychique. Ils ont évoqué les esprits des plus grands hommes, des penseurs les plus éminents, mais toutes les manifestations et informations issues de ceux-ci étaient si niaises, si désespérément insignifiantes, qu'il est impossible de croire à autre chose qu'à la capacité des esprits de s'adapter au niveau des hommes qui les ont évoqués.

Il faut à présent mentionner deux tentatives, qui font toutes deux l'impression d'un effort spasmodique pour éluder le problème. L'une, de l'ordre de la violence, est ancienne ; l'autre est subtile et moderne. La première est le Credo quia absurdum des Pères de l'Église. Ce qui revient à dire que les doctrines religieuses sont soustraites aux exigences de la raison ; elles sont au-dessus de la raison. Il faut sentir intérieurement leur vérité ; point n'est nécessaire de la comprendre. Seulement ce Credo n'est intéressant qu'à titre de confession individuelle ; en tant que décret, il ne lie personne. Puis-je être contraint de croire à toutes les absurdités ? Et si tel n'est pas le cas, pourquoi justement à celle-ci ? Il n'est pas d'instance au-dessus de la raison. Si la vérité des doctrines religieuses dépend d'un événement intérieur qui témoigne de cette vérité, que faire de tous les hommes à qui ce rare événement n'arrive pas ? On peut réclamer de tous les hommes qu'ils se servent du don qu'ils possèdent, de la raison, mais on ne peut établir pour tous une obligation fondée sur un facteur qui n'existe que chez un très petit nombre d'entre eux.

En quoi cela peut-il importer aux autres que vous ayez, au cours d'une extase qui s'est emparée de tout votre être, acquis l'inébranlable conviction de la vérité réelle des doctrines religieuses ?

La deuxième tentative est celle de la philosophie du « Comme si »[2]. Elle nous l'expose : nous admettons à figurer parmi nos processus cogitatifs toutes sortes d'hypothèses dont l'absence de fondement, voire l'absurdité, nous apparaît clairement. On les appelle fictions, mais, en vertu de nombreuses raisons pratiques, nous devons nous comporter « comme si » nous croyions à ces fictions. Tel serait le cas des doctrines religieuses, vu leur importance sans égale pour le maintien des sociétés humaines[3]. De tels arguments ne sont pas très éloignés du Credo quia absurdum. Mais je pense que seul un philosophe pouvait concevoir l'exigence du « Comme si ». L'homme dont la pensée n'est pas influencée par les tours de passe-passe de la philosophie ne pourra jamais l'admettre. Pour lui, quand on a avoué qu'une chose était absurde, contraire à la raison, tout est dit. On ne peut s'attendre à ce qu'il renonce, justement lorsqu'il s'agit de ses intérêts les plus vitaux, aux garanties qu'il réclame par ailleurs au sujet de toutes ses activités usuelles. Je me souviens de l'un de mes enfants qui se distingua de très bonne heure par un sens du réel particulièrement marqué. Quand on racontait à mes enfants un conte de fées, qu'ils écoutaient avec

---

2   Als ob en allemand. (N. de la Trad.)

3   Je ne me crois pas coupable d'injustice en faisant présenter ici par l'auteur de la philosophie du « Comme si » un point de vue qui n'est pas non plus étranger à d'autres penseurs. Comparer H. VAIHINGER, La philosophie du « Comme si » (Die Philosophie des Als ob), 7e et 8e éd., 1922, p. 68 : « Nous comprenons parmi les fictions non seulement des opérations théoriques indifférentes, mais encore des constructions idéatives édifiées par les plus nobles esprits, auxquelles tient le cœur de la plus noble partie de l'humanité, et que celle-ci ne souffre pas qu'on lui arrache. Il n'entre d'ailleurs nullement dans nos intentions de le faire : en tant que fictions pratiques nous ne touchons pas à ces constructions idéatives ; elles ne périssent qu'en tant que vérités théoriques. »

recueillement, lui s'avançait et demandait : « Est-ce une histoire vraie ? » Après qu'on lui avait dit que non, il s'éloignait d'un air méprisant. On peut s'attendre à ce que les hommes se comportent bientôt de même envers les contes de fées de la religion, en dépit de l'intercession du « Comme si ».

Mais ils se comportent, à ce jour encore, tout autrement et, aux temps passés, les idées religieuses ont exercé la plus puissante influence sur l'humanité, en dépit de leur incontestable manque d'authenticité. C'est là un nouveau problème psychologique. On doit se demander en quoi consiste la force interne de ces doctrines et à quelles circonstances elles doivent cette efficacité indépendante du contrôle de la raison.

VI

Je pense que la réponse à nos deux questions a été suffisamment préparée. Nous la trouverons en tournant nos regards vers la genèse psychique des idées religieuses. Ces idées, qui professent d'être des dogmes, ne sont pas le résidu de l'expérience ou le résultat final de la réflexion : elles sont des illusions, la réalisation des désirs les plus anciens, les plus forts, les plus pressants de l'humanité ; le secret de leur force est la force de ces désirs. Nous le savons déjà : l'impression terrifiante de la détresse infantile avait éveillé le besoin d'être protégé – protégé en étant aimé – besoin auquel le père a satisfait ; la reconnaissance du fait que cette détresse dure toute la vie a fait que l'homme s'est cramponné à un père, à un père cette fois plus puissant. L'angoisse humaine en face des dangers de la vie s'apaise à la pensée du règne bienveillant de la Providence divine, l'institution d'un ordre moral de l'univers assure la réalisation des exigences de la justice, si souvent demeurées irréalisées dans les civilisations humaines, et la prolongation de l'existence terrestre par une vie future fournit les cadres de temps et de lieu où ces désirs se réaliseront. Des réponses aux questions que se pose la curiosité humaine touchant ces énigmes : la genèse de l'univers, le rapport entre le corporel et le spirituel, s'élaborent suivant les prémisses du système religieux. Et c'est un formidable allégement pour l'âme individuelle que de voir les conflits de l'enfance émanés du complexe paternel – conflits jamais entièrement résolus –, lui être pour ainsi dire enlevés et recevoir une solution acceptée de tous.

Quand je dis : tout cela, ce sont des illusions, il me faut délimiter le sens de ce terme. Une illusion n'est pas la même chose qu'une erreur, une illusion n'est pas non plus nécessairement une erreur. L'opinion d'Aristote, d'après laquelle la vermine serait engendrée par l'ordure - opinion qui est encore celle du peuple ignorant -, était une erreur ; de même l'opinion qu'avait une génération antérieure de médecins, et d'après laquelle le tabès aurait été la conséquence d'excès sexuels. Il serait impropre d'appeler ces erreurs des illusions, alors que c'était une illusion de la part de Christophe Colomb, quand il croyait avoir trouvé une nouvelle route maritime des Indes. La part de désir que comportait cette erreur est manifeste. On peut qualifier d'illusion l'assertion de certains nationalistes, assertion d'après laquelle les races indogermaniques seraient les seules races humaines susceptibles de culture, ou bien encore la croyance d'après laquelle l'enfant serait un être dénué de sexualité, croyance détruite pour la première fois par la psychanalyse. Ce qui caractérise l'illusion, c'est d'être dérivée des désirs humains ; elle se rapproche par là de l'idée délirante en psychiatrie, mais se sépare aussi de celle-ci, même si l'on ne tient pas compte de la structure compliquée de l'idée délirante.

L'idée délirante est essentiellement – nous soulignons ce caractère – en contradiction avec la réalité ; l'illusion n'est pas nécessairement fausse, c'est-à-dire irréalisable ou en contradiction avec la réalité. Une jeune fille de condition modeste peut par exemple se créer l'illusion qu'un prince va venir la chercher pour l'épouser. Or ceci est possible ; quelques cas de ce genre se sont réellement présentés. Que le Messie vienne et fonde un âge d'or, voilà qui est beaucoup moins vraisemblable : suivant l'attitude personnelle de celui qui est appelé à juger de cette croyance, il la classera parmi les illusions ou parmi les équivalents d'une idée délirante. Des exemples d'illusions authentiques ne sont pas, d'ordinaire, faciles à découvrir ; mais l'illusion des alchimistes de pouvoir transmuter tous les métaux en or est peut-être l'une d'elles. Le désir d'avoir beaucoup d'or, autant d'or que possible a été très atténué par notre intelligence actuelle des conditions de la richesse ; cependant la chimie ne tient plus pour impossible une transmutation des métaux en or. Ainsi nous appelons illusion une croyance quand, dans la motivation de celle-ci la réalisation d'un désir est prévalente, et nous ne tenons pas compte, ce faisant, des rapports de cette croyance à la réalité, tout comme l'illusion elle-même renonce à être confirmée par le réel.

Ces explications données, revenons aux doctrines religieuses. Nous le répéterons : les doctrines religieuses sont toutes des illusions, on ne peut les prouver, et personne ne peut être contraint à les tenir pour vraies, à y croire. Quelques-unes d'entre elles sont si invraisemblables, tellement en contradiction avec ce que nous avons appris, avec tant de peine, sur la réalité de l'univers, que l'on peut les comparer — en tenant compte comme il convient des différences psychologiques — aux idées délirantes. De la valeur réelle de la plupart d'entre elles il est impossible de juger. On ne peut pas plus les réfuter que les prouver. Nous savons encore trop peu de chose pour pouvoir les aborder de plus près, du point de vue critique. L'énigme de l'univers ne se dévoile que lentement à notre investigation, il est beaucoup de questions auxquelles la science ne peut pas encore aujourd'hui répondre. Cependant le travail scientifique est le seul chemin qui puisse nous mener à la connaissance de la réalité extérieure. C'est de nouveau une illusion que d'attendre quoi que ce soit de l'intuition ou de l'introspection ; l'intuition ne peut nous donner que des indications — difficiles à interpréter — sur notre propre vie psychique, jamais le moindre renseignement relatif aux questions auxquelles la doctrine religieuse trouve si aisément des réponses. Il serait sacrilège de vouloir combler la lacune d'après son propre arbitraire et de juger d'après son sentiment personnel si telle ou telle partie du système religieux est plus ou moins acceptable. Ces questions sont trop importantes, on voudrait dire trop saintes.

Soyons préparés à entendre ici cette objection : « Ainsi, si même les sceptiques endurcis avouent que les assertions religieuses ne sauraient être réfutées à l'aide de la raison, pourquoi n'y devrais-je pas croire, puisqu'elles ont tant d'arguments en leur faveur : la tradition, le consentement universel des hommes et tout ce qu'elles recèlent de consolateur ? »

— Et, en effet, pourquoi pas ? De même que personne ne peut être contraint à croire, personne ne peut l'être à ne pas croire, mais qu'on ne s'en impose pas à soi-même en s'imaginant que l'on suit ainsi le chemin du penser correct. S'il fut jamais un argument que l'on puisse flétrir du nom d'échappatoire, c'est bien celui-ci. L'ignorance est l'ignorance. Nul droit à croire quelque chose n'en saurait dériver. Aucun homme raisonnable ne se comporterait aussi légèrement en d'autres matières, ni ne se contenterait d'aussi pauvres raisons de ses jugements, de ses prises de parti ; ce n'est qu'en les choses les plus hautes et les plus saintes qu'on se permet cette attitude. En réalité, ce ne sont là qu'efforts destinés à se faire accroire à soi-même et aux autres qu'on tient encore ferme à la religion, alors que depuis longtemps on s'est détaché d'elle. Dès qu'il s'agit de religion, les hommes se rendent coupables de toutes sortes d'insincérités et de bassesses intellectuelles. Les philosophes étendent le sens des mots jusqu'à ce que ceux-ci ne possèdent presque plus rien de leur signification originelle ; ils appellent Dieu quelque vague abstraction qu'ils se sont fabriquée et se posent alors en déistes, en croyants, devant l'univers ; ils peuvent même se vanter d'avoir atteint à une conception de Dieu plus élevée, plus pure, bien que leur Dieu ne soit plus qu'une ombre sans consistance et n'ait plus rien de la personnalité puissante de la doctrine religieuse. Les critiques persistent à appeler « profondément religieux » tout homme qui avoue le sentiment de l'insignifiance de l'homme et de l'impuissance humaine en face de l'univers, bien que ce ne soit pas ce sentiment qui constitue l'essence de la religiosité, mais bien plutôt la démarche qui s'ensuit, la réaction à ce sentiment, réaction qui cherche un secours contre lui. Qui ne va pas plus loin, qui humblement acquiesce au rôle minime que joue l'homme dans le vaste univers, est bien plutôt irréligieux au sens le plus vrai du mot.

Prendre parti pour ou contre la valeur en vérité des doctrines religieuses ne rentre pas dans le cadre de cette étude. Il nous suffit de les avoir reconnues, d'après leur nature psychologique, pour des illusions. Mais nous n'avons pas à cacher que cette découverte influe puissamment sur notre attitude envers la question qui doit à beaucoup sembler la plus importante. Nous savons à peu près à quelle époque et par quelle sorte d'hommes les doctrines religieuses ont été créées. Si nous apprenons encore en vertu de quels motifs elles le furent, le point de vue d'où envisager le problème religieux subira un déplacement notable. Nous nous dirons : il serait certes très beau qu'il y eût un Dieu créateur du monde et une Providence pleine de bonté, un ordre moral de l'univers et une vie future, mais il est cependant très curieux que tout cela soit exactement ce que nous pourrions nous souhaiter à nous-mêmes. Et il serait encore plus curieux que nos ancêtres, qui étaient misérables, ignorants, sans liberté, aient justement pu arriver à résoudre toutes ces difficiles énigmes de l'univers.

VII

Dès que nous avons reconnu pour des illusions les doctrines religieuses, une nouvelle question se pose : d'autres biens culturels, que nous estimons très haut et par lesquels nous laissons dominer notre vie, ne seraient-ils pas de nature semblable ? Les principes qui règlent nos institutions politiques ne devraient-ils pas de même être qualifiés d'illusions ? Les rapports entre les sexes, au sein de notre civilisation, ne sont-ils pas troublés par une illusion érotique ou par une série d'illusions érotiques ? Notre suspicion une fois mise en éveil, nous n'hésiterons même pas à nous le demander : notre conviction de pouvoir découvrir quelque chose de la réalité extérieure en nous servant de l'observation et de la réflexion et des méthodes scientifiques a-t-elle quelque fondement ? Rien ne doit nous retenir d'appliquer l'observation à notre propre nature ni d'employer la pensée à sa propre critique. Ici une série d'investigations s'offre à nous, dont le résultat serait décisif pour édifier une « conception de l'univers » (Weltanschauung). Nous pressentons de plus que notre peine ne serait pas perdue et qu'elle nous apporterait une justification au moins partielle de ce que nous soupçonnons. Mais l'auteur de ces pages ne se sent pas les moyens d'entreprendre une aussi vaste tâche, il se voit nécessairement contraint de limiter son travail à l'étude d'une seule de ces illusions l'illusion religieuse.

Cependant notre adversaire, élevant la voix, nous crie halte. Nous sommes invités à rendre compte de notre action répréhensible : « L'intérêt pour l'archéologie est certes des plus louables. Mais on n'entreprend pas de fouilles quand par ces fouilles on sape les habitations des vivants, de telle sorte qu'elles s'effondrent, et ensevelissent les hommes sous leurs débris. Les doctrines religieuses ne sont pas un sujet à propos duquel montrer son esprit, ainsi qu'on le peut à propos de n'importe quel autre. C'est sur elles qu'est édifiée notre civilisation, le maintien de la société humaine a pour prémisses que la majorité des hommes croient à ces doctrines. Si l'on vient à apprendre aux hommes qu'il n'y a pas de Dieu très juste et tout-puissant, par d'ordre divin de l'univers et pas de vie future, alors ils se sentiront exempts de toute obligation de suivre les lois de la civilisation. Sans inhibitions, libéré de toute crainte, chacun s'abandonnera à ses instincts asociaux, égoïstes, et cherchera à établir son pouvoir. Le chaos, que nous avons banni par un travail civilisateur millénaire, recommencera. Même si l'on savait et pouvait prouver que la religion n'est pas en possession de la vérité, il faudrait le taire et se conduire comme le demande la philosophie du « Comme si ». Ceci dans l'intérêt de la préservation de tous ! Et, en outre du danger que comporte l'entreprise, elle constituerait encore une cruauté gratuite. D'innombrables humains trouvent dans les doctrines de la religion leur consolation unique, ne peuvent supporter la vie que grâce à ce secours. Et on voudrait leur retirer cet appui sans avoir rien de meilleur à leur offrir en échange. On en a convenu : la science, jusqu'à ce jour, n'a pas accompli grand-chose, mais eût-elle même progressé beaucoup plus loin, elle ne suffirait pas aux hommes. L'homme a encore d'autres besoins impérieux que jamais la science froide ne saura apaiser, et il est vraiment singulier – à parler franc c'est le comble de l'inconséquence –, de voir un psychologue, qui a toujours souligné combien dans la vie de l'homme l'intelligence reste au second plan par rapport à la vie instinctive, de voir, dis-je, ce psychologue s'efforcer d'enlever aux hommes une précieuse satisfaction de leurs désirs et chercher à les en dédommager par une pitance intellectuelle. »

– Que d'accusations à la fois ! Cependant je suis prêt à répondre à toutes, et de plus à défendre cette assertion que la civilisation courrait un plus grand danger en maintenant son attitude actuelle envers la religion qu'en y renonçant. Mais je ne sais, pour répondre, par où commencer. Peut-être commencerai-je par assurer que je considère moi-même mon entreprise comme absolument inoffensive et sans péril. Cette fois-ci la surestimation de l'intellect n'est pas de mon côté. Si les hommes sont vraiment tels que mes adversaires les décrivent – et je ne saurais y contredire – il n'y a aucun danger qu'un dévot, accablé par mes arguments, se laisse arracher sa foi. En outre, n'ai-je rien dit que d'autres hommes, plus autorisés que moi, n'aient dit avant moi, et de façon plus complète, plus forte et plus éloquente. Les noms de ces hommes sont connus de tous ; je ne les citerai pas, je ne voudrais pas avoir l'air de me considérer comme l'un d'eux. je me suis borné – ceci est la seule partie nouvelle de mon exposé – à ajouter à la critique de mes grands prédécesseurs quelques bases psychologiques. On ne saurait s'attendre à ce que cette seule addition accomplisse ce que ne purent réaliser les tentatives antérieures. Certes, on pourrait me demander ici pourquoi j'écris des choses dont l'inefficacité me semble assurée. Mais nous reviendrons là-dessus plus tard.

Le seul à qui cette publication puisse nuire, c'est moi-même. Je m'apprête à entendre les reproches les plus désagréables, on va m'accuser d'être superficiel, d'avoir l'esprit borné, de manquer d'idéalisme et de la compréhension des intérêts les plus élevés de l'humanité. Mais d'une part ces représentations ne sont pas nouvelles pour moi ; de l'autre, quand on s'est placé, dès son jeune âge, au-dessus de la désapprobation de ses contemporains, en quoi cette désapprobation peut-elle importer, lorsqu'on est devenu un vieillard, et qu'on est certain d'être bientôt soustrait aux effets de la faveur ou de la défaveur des hommes ? Il en était autrement aux siècles passés : alors de telles allégations vous assuraient l'écourtement de l'existence et vous fournissaient une occasion toute proche de faire des observations personnelles sur la vie future. Mais je le répète, ces temps sont passés, et de nos jours de tels écrits restent sans danger pour leur auteur. Tout au plus peut-il advenir qu'il soit interdit de traduire et de répandre son livre dans tel ou tel pays. Bien entendu cela arrivera justement dans les pays qui ne doutent pas du niveau élevé de leur culture. Cependant, quand on s'est précisément fait l'avocat du renoncement aux désirs et de l'acquiescement à la destinée, il faut savoir encore souffrir ce dommage.

Et je me posai alors la question : la publication de cette étude ne pourrait-elle cependant nuire à quelqu'un ? Non pas à une personne, mais à une cause : la cause de la psychanalyse. On ne saurait nier que celle-ci ne soit ma création, et elle a amplement suscité méfiance et mauvaise volonté : si à présent j'avance des propositions aussi déplaisantes, les gens ne seront que trop aptes à déplacer leurs sentiments de ma personne à la psychanalyse. On peut voir à présent, dira-t-on, où conduit la psychanalyse. Le masque est tombé : elle conduit à nier Dieu et tout idéal moral, ainsi que nous nous en étions toujours doutés. Afin de nous empêcher de nous en apercevoir, on nous avait fait croire que la psychanalyse n'était pas une « conception de l'univers » et ne pourrait jamais en devenir une. Tout ce vacarme me sera vraiment désagréable à cause de mes nombreux collaborateurs, parmi lesquels un certain nombre ne partage en rien mon attitude envers le problème religieux. Mais la psychanalyse a déjà bravé bien des orages, et doit s'exposer à celui-ci encore.

La psychanalyse est en réalité une méthode d'investigation, un instrument impartial, semblable, pour ainsi dire, au calcul infinitésimal. Si, grâce à celui-ci, un physicien venait à découvrir que la terre, après un temps donné, allait être anéantie, on hésiterait cependant à attribuer au calcul lui-même des tendances destructives et, en conséquence, à le proscrire. Rien de ce que j'ai dit ici contre la valeur réelle de la religion n'avait besoin de la psychanalyse ; tout cela avait déjà été dit par d'autres bien avant qu'il n'y eut de psychanalyse. Peut-on, en appliquant les méthodes psychanalytiques, acquérir un argument nouveau contre la véracité de la religion, tant pis [4] pour la religion ; cependant les défenseurs de la religion auront un droit égal à se servir de la psychanalyse pour apprécier à sa valeur l'importance affective de la doctrine religieuse.

Je poursuivrai mon plaidoyer : la religion a évidemment rendu de grands services à la civilisation, elle a largement contribué à dompter les instincts asociaux, mais elle n'a pas pu aller assez loin dans ce sens. Pendant des milliers d'années, elle a gouverné les sociétés

---

4   Ces deux mots sont en français dans le texte. (N. de la Trad.) heureux la majorité des hommes, à les consoler, à les réconcilier avec la vie, à en faire des soutiens de la culture, il ne viendrait à l'idée de personne d'aspirer à un changement dans l'état actuel des choses.

humaines ; elle a eu le temps de montrer ce qu'elle était capable d'accomplir.

Mais que voyons-nous au lieu de ceci ? Un effrayant nombre d'hommes est mécontent de la civilisation, est rendu malheureux par elle, la ressent comme un joug qu'il faut secouer. Et ces hommes ou bien font tout ce qui est en leur pouvoir pour changer cette civilisation, ou bien même poussent si loin leur hostilité envers celle-ci qu'ils ne veulent absolument plus entendre parler de civilisation ni d'entraves aux instincts.

On nous objectera ici que cet état de choses provient bien plutôt de ce fait que la religion a perdu une partie de son influence sur les foules, justement en vertu du déplorable effet des progrès scientifiques. Nous noterons au passage cet aveu et les raisons qu'on en donne afin de nous en servir plus tard pour notre dessein ; mais l'objection elle-même est sans force.

Il est douteux que les hommes, au temps où la religion régnait en maîtresse absolue, aient été dans l'ensemble plus heureux qu'aujourd'hui ; en tout cas ils n'étaient certes pas plus moraux. Ils se sont toujours entendus à transformer les prescriptions religieuses en pratiques extérieures, déjouant par là les intentions de ces préceptes. Et les prêtres, dont la fonction était de veiller à l'observance de la religion, se faisaient à demi leurs complices. La bonté de Dieu devait paralyser sa justice. On péchait, puis on apportait des offrandes ou bien l'on faisait pénitence, et alors on était libre de pécher à nouveau. Le mysticisme russe s'est enfin élevé à cette conception : le péché est indispensable si l'on veut jouir de toutes les bénédictions de la grâce divine ; le péché est donc en fin de compte une œuvre agréable à Dieu. Il est de notoriété publique que les prêtres ne purent maintenir la soumission des foules à la religion qu'au prix de ces grandes concessions aux instincts des hommes. Et on en demeura là : Dieu seul est fort et bon, l'homme est faible et pécheur. De tout temps, l'immoralité a trouvé dans la religion autant de soutien que la moralité. Si ce que la religion a accompli pour rendre heureux les hommes, les adapter à la civilisation et leur donner une maîtrise morale sur eux-mêmes, n'est pas de plus grande valeur, alors la question se pose : ne nous sommes-nous pas exagéré la nécessité de la religion pour les hommes, et avons-nous raison de fonder sur elle les exigences de notre civilisation ?

Qu'on réfléchisse à l'état de choses actuel qu'il est impossible de méconnaître. Nous en avons entendu l'aveu : la religion n'a plus la même influence qu'autrefois sur les hommes. (Il s'agit là de la civilisation européenne chrétienne.) Et elle ne l'a plus, non pas parce que les promesses qu'elle fait aux hommes sont devenues moins éblouissantes, mais parce que ces promesses semblent moins dignes de foi. Admettons-le : la raison de cette évolution est le renforcement de l'esprit scientifique dans les couches supérieures de la société humaine (ce n'est peut-être pas la seule). La critique a peu à peu effrité la force de conviction des documents religieux, les sciences naturelles ont fait voir les erreurs qu'ils contiennent, et les méthodes de l'examen comparé ont mis au jour la ressemblance fatale qui existe entre les idées religieuses que nous révérons et les créations intellectuelles des âges et des peuples primitifs.

L'esprit scientifique engendre une attitude déterminée envers les problèmes de ce monde ; devant les problèmes religieux il fait halte un moment, il hésite, et enfin se décide là aussi à passer le seuil. Ces démarches ne connaissent pas d'arrêt : plus il est d'hommes à qui les trésors de notre connaissance deviennent accessibles, plus s'étend l'aire d'abandon de la foi religieuse ; d'abord sont frappées les plus désuètes et absurdes expressions de la foi, puis à leur tour ses propositions les plus fondamentales. Seuls les Américains, qui furent les instigateurs du procès aux singes de Dayton[5] se sont montrés conséquents dans leurs actes. Partout ailleurs la transition inévitable s'accomplit au moyen de demi-mesures et d'insincérités.

Il y a peu à craindre pour la civilisation de la part des hommes cultivés et des travailleurs intellectuels. Les mobiles d'ordre religieux commandant un comportement culturel seraient chez eux remplacés sans bruit par d'autres mobiles d'ordre temporel ; de plus ils sont, pour la plupart, eux-mêmes porteurs de la culture. Mais il en va autrement de la grande foule des illettrés, des opprimés, qui ont de bonnes raisons d'être des ennemis de la civilisation. Tant qu'ils

---

5   Où un professeur comparut pour avoir enseigné la thèse évolutionniste. (N. de la Trad.)

n'apprennent pas que l'on ne croit plus en Dieu, tout va bien. Mais ils l'apprennent, infailliblement, même si cet écrit n'est pas publié. Et ils sont prêts à admettre les résultats de la réflexion scientifique, sans qu'en échange se soit produite en eux l'évolution que le penser scientifique a en l'esprit humain. Le danger n'existe-t-il pas alors que ces foules, dans leur hostilité contre la culture, n'attaquent le point faible qu'ils ont découvert en leur despote ? Il n'était pas permis de tuer son prochain pour la seule raison que le bon Dieu avait défendu et devait venger durement le meurtre en cette vie ou dans l'autre ; on apprend maintenant qu'il n'y a pas de bon Dieu, qu'on n'a pas à redouter sa vengeance ; alors on tue son prochain sans aucun scrupule et l'on n'en peut être empêché que par la force temporelle. Ainsi ou bien il faut contenir par la force ces foules redoutables et soigneusement les priver de toute occasion d'éveil intellectuel, ou bien il faut réviser de fond en comble les rapports de la civilisation à la religion.

VIII

On pourrait s'attendre à ce que l'exécution de ce dernier projet ne rencontrât pas de difficultés particulières. Il est vrai que l'on renoncerait par là à quelque chose, mais on gagnerait peut-être davantage que l'on ne perdrait, et l'on éviterait un grand danger. Mais l'on prend peur, tout comme si la civilisation, par de pareilles mesures, allait être exposée à un plus grand péril encore. Quand saint Boniface abattait l'arbre sacré des Saxons, ceux qui étaient présents s'attendaient à quelque événement terrible qui vengerait le forfait. Rien n'arriva, et les Saxons furent baptisés.

C'est manifestement dans l'intérêt de la vie en commun des hommes – sans cela impossible – que la civilisation institua la défense de tuer son prochain quand on le hait, quand il nous gêne ou lorsqu'on convoite ses biens. Car le meurtrier attirerait sur lui-même la vengeance des proches de sa victime et l'envie sourde des autres, qui sentent en eux-mêmes tout autant d'inclination interne à un tel acte de violence. Il ne pourrait par conséquent pas jouir longtemps de sa vengeance ou de son butin, mais aurait toutes les chances d'être lui-même bientôt assassiné. Parviendrait-il à se protéger, grâce à une force et une prudence extraordinaires, contre un adversaire isolé, il succomberait à une conjuration d'adversaires même moins forts. Si pareille conjuration ne se produisait pas, le meurtre succéderait sans fin au meurtre et, à la fin, les hommes s'extermineraient réciproquement. Il y aurait entre individus le même état de choses que celui qui existe encore en Corse entre familles, mais ne survit plus ailleurs qu'entre nations. L'absence de sécurité, un égal danger pour la vie de tous réunit alors les hommes en une société qui défend à l'individu de tuer, mais se réserve le droit, au nom de cette même société, de tuer celui qui enfreint cette défense. C'est alors la justice et la peine.

Cependant, nous ne faisons pas connaître aux autres cette base rationnelle de l'interdiction de tuer : nous leur assurons que c'est Dieu qui l'a décrétée. Nous nous permettons de deviner ses intentions et nous trouvons que lui non plus ne veut pas que les hommes réciproquement s'exterminent. Ce faisant, nous revêtons l'interdiction culturelle d'une solennité toute particulière, mais nous risquons aussi de faire dépendre son observance de la croyance en Dieu. Si nous annulons cette démarche, si nous n'attribuons plus à Dieu notre propre vouloir et nous contentons de fonder sur des mobiles sociaux l'interdiction culturelle, nous avons certes renoncé par là à sa nature sacrée, mais nous l'avons soustraite à un péril. Cependant, il y a là encore un autre avantage. Par une sorte de diffusion, d'infection, le caractère du sacré, de l'inviolable, de l'au-delà, pourrait-on dire, s'est étendu de quelques rares interdictions importantes à toutes les autres institutions, lois et ordonnances culturelles. Et l'auréole ne sied souvent pas à celles-ci ; non seulement elles s'annulent réciproquement l'une l'autre en édictant des mesures contradictoires suivant les temps et les lieux, mais elles portent encore toutes les marques de l'imperfection humaine. On peut aisément distinguer parmi elles ce qui est engendré par des craintes à courte vue, ce qui est l'expression d'intérêts mesquins et ce qui résulte de prémisses inadéquates. La critique à laquelle on est obligé de les soumettre diminue dans des proportions regrettables le respect dû à d'autres exigences culturelles mieux justifiées. Comme c'est une tâche délicate que de départager ce que Dieu lui-même a ordonné et ce qui émane de l'autorité d'un parlement tout-puissant ou d'un magistrat suprême, il y aurait un indubitable avantage à laisser Dieu tout à fait en dehors de la question et à avouer honnêtement l'origine purement humaine de toutes les institutions et prescriptions de la culture. En même temps que tomberait leur prétention à une origine sacrée, cesserait aussi la rigidité et l'immutabilité de ces lois et ordonnances. Les hommes seraient mis à même de comprendre que celles-ci ont été créées bien moins pour les maîtriser que dans leur propre intérêt, ils auraient envers elles une attitude plus amicale, et au lieu de viser à les abolir, ils viseraient seulement à les améliorer. Ce serait là un progrès important dans la voie qui conduit les hommes à se réconcilier avec la pression qu'exerce sur eux la civilisation.

Mais notre plaidoyer en faveur de la base purement rationnelle des prescriptions culturelles, c'est-à-dire de leur réduction à la nécessité sociale, est ici soudain troublé par un doute. Nous avons choisi comme exemple l'origine de l'interdiction du meurtre. L'exposé que nous en avons fait correspond-il à la vérité historique ? Nous craignons que non, notre exposé semble n'être qu'une construction rationaliste. À l'aide de la psychanalyse nous avons justement étudié ce point de l'histoire de la civilisation, et à la lumière de cette étude nous nous voyons contraints de dire qu'en réalité les choses se passèrent autrement. Des mobiles purement rationnels sont de peu de poids, encore chez l'homme actuel, contre les impulsions passionnelles. Combien devaient-ils peser peu chez la bête humaine des temps primitifs ! Peut-être les descendants de celle-ci s'extermineraient-ils encore réciproquement sans entraves, si, parmi tous ces meurtres, il n'y en avait pas eu un – le meurtre du père primitif – qui avait évoqué une réaction émotive irrésistible et lourde de conséquences. Cette réaction engendra le commandement : tu ne tueras point, qui, dans le totémisme, se limitait à l'animal substitut du père, plus tard s'étendit à autrui, et de nos jours n'est pas encore suivi sans souffrir d'exceptions. Mais, d'après des déductions que je n'ai pas à refaire ici, ce père primitif fut le prototype de Dieu, le modèle d'après lequel les générations ultérieures ont formé la figure divine, L'explication religieuse a raison jusque-là : Dieu prit une part réelle à la genèse de cette interdiction ; c'est son intervention, et non pas l'intelligence des nécessités sociales, qui l'a engendrée. Et le fait d'attribuer à Dieu le vouloir humain est pleinement justifié, les hommes en effet le savaient : ils s'étaient débarrassés du père par la violence, et, en pleine réaction contre leur acte criminel, ils décidèrent de respecter dorénavant sa volonté. Ainsi la doctrine religieuse nous dit la vérité historique, bien que sous une forme transformée et déguisée ; notre exposé rationnel au contraire la dément.

Nous le voyons à présent : le patrimoine des idées religieuses comprend, non seulement des réalisations de désirs, mais encore d'importantes réminiscences historiques. Quel immense, quel incomparable pouvoir cette collaboration du passé avec l'avenir ne doit-elle pas conférer à la religion ! Mais grâce à une analogie qui nous vient à l'esprit nous allons peut-être déjà voir poindre un nouveau jour éclairant ces matières. Il n'est pas bon de transplanter des concepts dans un sol éloigné de celui où ils ont grandi, mais il nous faut ici faire voir en quoi consiste cette concordance. Nous savons que l'enfant humain ne peut pas accomplir son évolution vers la civilisation sans passer par une phase plus ou moins accentuée de névrose. Ceci provient du fait que l'enfant est incapable de réprimer par un travail mental rationnel un aussi grand nombre d'impulsions instinctives que celles qu'il possède, impulsions dont plus tard, en tant que civilisé, il n'aurait que faire, et il doit par suite en venir à bout par des actes de refoulement, derrière lesquels d'ordinaire se cache un mobile de peur. La plupart de ces névroses infantiles disparaissent spontanément quand l'enfant grandit ; tel est particulièrement le cas des névroses obsessionnelles de l'enfance. On pourrait de même admettre que l'humanité dans son ensemble passe, au cours de son évolution, par des états analogues aux névroses (et ceci pour les mêmes raisons). Aux époques d'ignorance et de faiblesse intellectuelle qu'elle a d'abord traversées, l'humanité ne pouvait réaliser les renoncements aux instincts indispensables à la vie en commun des hommes qu'en vertu de forces purement affectives. Et le résidu de ces démarches, analogues au refoulement, qui eurent lieu aux temps préhistoriques, subsistent longtemps en tant que partie intégrante de la civilisation. La religion serait la névrose obsessionnelle universelle de l'humanité ; comme celle de l'enfant, elle dérive du complexe d'Oedipe, des rapports de l'enfant au père. D'après ces Conceptions, on peut prévoir que l'abandon de la religion aura lieu avec la fatale inexorabilité d'un processus de croissance, et que nous nous trouvons à l'heure présente justement dans cette phase de l'évolution.

Aussi notre attitude envers ce phénomène devrait-elle se modeler sur celle d'un éducateur compréhensif, qui ne s'oppose pas au développement nouveau en présence duquel il se trouve, mais cherche au contraire à le favoriser et s'efforce simplement de tempérer la violence avec laquelle il se fait place. Cette analogie n'épuise d'ailleurs pas l'essence de la religion. Si d'une part la religion comporte des entraves d'ordre compulsionnel, telles que seule la névrose obsessionnelle de l'individu en présente, d'autre part elle implique un système d'illusions créées par le désir, avec négation de la réalité, système tel qu'on le retrouve, à l'état isolé, seulement dans la psychose hallucinatoire[6], qui est un état de confusion mentale bienheureux. Ce ne sont certes là que des comparaisons, comparaisons grâce auxquelles nous nous efforçons de comprendre le phénomène social ; la pathologie individuelle ne nous fournit pas de pendant exact.

On l'a souvent fait observer (voir à ce sujet mes travaux et spécialement ceux de Th. Reik) : l'analogie entre la religion et la névrose obsessionnelle se retrouve jusque dans les détails, et bien des particularités et des vicissitudes de la formation des religions ne s'éclairent qu'au jour de cette analogie. En harmonie avec tout ceci est ce fait que le vrai croyant se trouve à un haut degré à l'abri du danger de certaines affections névrotiques ; l'acceptation de la névrose universelle le dispense de la tâche de se créer une névrose personnelle.

La reconnaissance de la valeur historique qu'ont certaines doctrines religieuses augmente le respect que nous leur accordons, mais n'enlève pas sa valeur à notre proposition de les exclure de la motivation des prescriptions culturelles. Tout au contraire ! Ces résidus historiques nous ont permis de concevoir, pour ainsi dire, les dogmes religieux comme des survivances névrotiques et nous sommes maintenant autorisés à dire que sans doute a sonné l'heure de remplacer – ainsi que dans le traitement analytique des névrosés – les conséquences du refoulement par les résultats du travail mental rationnel. On peut prévoir que ce remaniement des prescriptions culturelles ne s'arrêtera pas au renoncement à leur caractère solennel

---

6   Dans le texte allemand, suivant la nomenclature psychiatrique allemande : Amentia. (N. de la Trad.)

et sacré, mais qu'une révision générale de ces prescriptions impliquera la suppression de beaucoup d'entre elles. On ne peut guère le regretter. Le problème qui nous est posé, et qui est de réconcilier les hommes avec la civilisation, sera par là résolu dans une très large part. Quant au fait que nous renoncions, en acceptant la motivation rationnelle des prescriptions culturelles, à la vérité historique, il ne faut pas le regretter. Les vérités que les doctrines religieuses contiennent sont tellement déformées et systématiquement déguisées que l'ensemble des hommes n'y saurait reconnaître la vérité. Le cas est analogue à celui qui se présente lorsque nous racontons à un enfant que la cigogne apporte les nouveau-nés. Ici encore nous disons la vérité sous un déguisement symbolique, car nous savons ce que signifie le grand oiseau. Mais l'enfant ne le sait pas, il n'entend que la déformation de la vérité, il se considère comme trompé, et nous savons combien souvent la méfiance qu'il a des grandes personnes et un caractère récalcitrant (esprit de contradiction ?) dérivent de cette impression. Nous sommes arrivés à la conviction qu'il vaut mieux s'abstenir de semblables déguisements symboliques de la vérité ; et ne pas refuser à l'enfant la connaissance de l'état réel des choses, mise à la portée de son degré de développement intellectuel.

IX

« Vous vous permettez des contradictions difficiles à concilier. Vous commencez par déclarer qu'un écrit tel que le vôtre est absolument sans danger. Personne ne se laissera ravir sa foi religieuse par des dissertations de cet ordre. Mais comme il entre pourtant dans vos intentions de troubler les gens dans leur foi, ainsi qu'il apparaît plus tard, on est en droit de vous le demander : pourquoi publiez-vous ce livre ? Ailleurs vous avouez cependant qu'il est dangereux, voire très dangereux, que quelqu'un apprenne qu'on ne croit plus en Dieu. Docile jusque-là aux lois de la civilisation, il rejettera alors toute obéissance à ces lois. Toute votre argumentation, quand vous dites qu'il est dangereux pour la civilisation que ces lois soient fondées sur une motivation religieuse, repose sur l'hypothèse qu'un croyant peut devenir incroyant : or c'est là une absolue contradiction.

« Vous tombez dans une autre contradiction lorsque, d'une part, vous convenez que l'homme ne saurait être conduit par son intelligence, qu'il est dominé par ses passions et par les exigences de ses instincts, et que, d'autre part, vous remplacez la base affective de son obéissance à la culture par une base rationnelle. Comprenne qui peut ! Il me semble à moi que c'est l'un ou l'autre.

« En outre, l'histoire ne vous a-t-elle rien appris ? La tentative de remplacer la religion par la raison a déjà été faite, elle fut même officielle et de grand style. Vous vous souvenez certes de la Révolution française et de Robespierre ? Mais aussi du caractère éphémère et du misérable échec de cette expérience. On la refait actuellement en Russie. Nous n'avons pas besoin de nous demander quel en sera le résultat. Ne pensez-vous pas qu'il faut l'admettre : l'homme ne peut pas se passer de religion ?

« Vous avez dit vous-même que la religion est davantage qu'une névrose obsessionnelle. Mais vous n'avez pas traité de cette autre face qu'elle présente. Il vous suffit d'établir son analogie avec la névrose. Les hommes doivent être délivrés d'une névrose, et vous ne vous souciez pas de ce qui par là peut être en même temps perdu pour l'humanité. »

– J'ai semblé tomber dans des contradictions, sans doute parce que j'ai trop hâtivement traité d'une matière compliquée. Nous pouvons en partie y remédier. Je persiste à maintenir que d'un certain point de vue cet écrit est tout à fait inoffensif. Aucun croyant ne se laissera troubler dans sa foi par mes arguments ou par des arguments similaires. Un croyant est rattaché par certains liens de tendresse à l'essence de sa religion. Il est certes un grand nombre d'autres gens qui ne sont pas croyants au même sens du terme. Ceux-ci obéissent aux lois de la civilisation parce qu'ils se laissent intimider par les menaces de la religion, et ils craignent la religion aussi longtemps qu'ils pensent qu'elle fait partie de cette réalité qui leur impose des limitations. Ce sont eux qui rompent toute entrave dès qu'ils osent renoncer à la foi en la réalité de la religion, mais ce ne sont pas des arguments qui entraînent chez ces gens-là ce revirement. Ils cessent de craindre la religion lorsqu'ils s'aperçoivent que d'autres non plus ne la craignent pas, et c'est de cette sorte de gens que j'ai dit qu'ils apprendraient le déclin de l'influence religieuse, même si je ne publiais pas cet écrit.

Mais je pense que vous-même attachez plus d'importance à l'autre contradiction que vous me reprochez. Les hommes sont si peu accessibles à des arguments rationnels, si complètement dominés par leurs désirs instinctifs : pourquoi leur enlever un moyen de satisfaire leurs instincts et vouloir le remplacer par des arguments rationnels ? Certes, les hommes sont ainsi faits, mais vous êtes-vous demandé s'il est nécessaire qu'ils soient tels, si leur nature interne les y oblige ? Un anthropologiste est-il à même de donner l'indice céphalique d'un peuple chez lequel régnerait la coutume de déformer par des bandages la tête des enfants dès leurs premières années ? Pensez au contraste attristant qui existe entre l'intelligence rayonnante d'un enfant bien portant et la faiblesse mentale d'un adulte moyen. Est-il tout à fait impossible que ce soit justement l'éducation religieuse qui soit en grande partie cause de cette sorte d'étiolement ? je crois qu'il faudrait longtemps avant qu'un enfant à qui l'on n'en aurait rien dit commençât à s'inquiéter de Dieu et des choses de l'au-delà. Peut-être les idées qu'il s'en ferait suivraient-elles les mêmes voies que chez ses ancêtres, mais on n'attend pas que s'accomplisse cette évolution, on lui impose les doctrines religieuses à un âge où il ne peut leur porter d'intérêt et où il n'est pas capable d'en saisir la portée. Les deux points principaux des programmes pédagogiques actuels ne sont-ils pas de retarder le développement sexuel de l'enfant et de le soumettre de bonne heure à l'influence de la religion ? Quand alors l'enfant s'éveille à la pensée, les doctrines religieuses sont déjà devenues pour lui inattaquables. Croyez-vous cependant qu'il soit favorable au renforcement de la fonction intellectuelle qu'un domaine d'une telle importance soit interdit à la pensée de par la menace des peines de l'enfer ? Nous n'avons pas à nous étonner outre mesure de la faiblesse intellectuelle de quiconque est une fois parvenu à accepter sans critique toutes les absurdités que toutes les doctrines religieuses comportent et à fermer les yeux devant les contradictions qu'elles impliquent. Cependant nous n'avons pas d'autre moyen de maîtriser nos instincts que notre intelligence. Et comment peut-on s'attendre à ce que des personnes, qui sont sous l'influence de certaines prohibitions de penser, atteignent cet idéal qui devrait être réalisé en psychologie, la primauté de l'intelligence ? Vous savez par ailleurs qu'on le répète volontiers : les femmes en général auraient une faiblesse d'esprit d'ordre « physiologique », c'est-à-dire une intelligence moindre que celle de l'homme. Le fait en lui-même est discutable, son interprétation douteuse ; cependant on pourrait dire, en faveur de la nature secondaire de cet étiolement intellectuel, que les femmes continuent à souffrir de l'interdiction rude et précoce de porter leur esprit sur les problèmes qui les auraient le plus intéressées : ceux de la vie sexuelle. Tant que l'homme, au cours de ses premières années, restera, en dehors de l'inhibition mentale liée à la sexualité, encore sous l'influence de l'inhibition mentale religieuse et de celle qui en dérive : l'inhibition mentale « loyaliste » envers les parents et les éducateurs, nous ne pouvons vraiment pas dire quel il est en réalité[7].

Mais je tempérerai mon zèle et j'admettrai que peut-être moi-même je poursuis une illusion. Peut-être l'effet de l'interdiction religieuse de penser n'est-il pas si grave que je le crois. Peut-être la nature humaine se trouvera-telle rester telle quelle quand bien même on ne mésuserait plus de l'éducation pour soumettre les enfants au joug religieux. Je n'en sais rien et vous ne pouvez pas non plus le savoir. Non seulement les grands problèmes de la vie semblent de nos jours insolubles, mais encore des questions bien moindres sont difficiles à trancher. Cependant, vous avouerez avec moi qu'on est en droit de nourrir une grande espérance en ce qui regarde l'avenir ; peut-être reste-t-il à découvrir un trésor qui enrichirait notre civilisation, et l'essai d'une éducation non religieuse vaut d'être tenté. Si la tentative échoue, je serai prêt à abandonner toute réforme et à en revenir au jugement antérieur, d'ordre purement descriptif : l'homme est une créature d'intelligence faible, que dominent ses instincts.

Sur un autre point je suis entièrement d'accord avec vous. Il serait certes absurde de vouloir commencer par supprimer la religion par la violence et d'un seul coup. L'entreprise serait avant tout sans espoir. Le croyant ne se laisse arracher sa foi ni par des arguments ni par des interdictions. Et y réussît-on avec quelques-uns que ce serait une cruauté. Une personne qui, pendant des décennies, a pris des narcotiques ne peut naturellement plus dormir si l'on vient à l'en

---

7   En France, où, depuis déjà plusieurs décennies, l'école « laïque » est institution d'État, il semblera peut-être que la place attribuée ici à l'éducation religieuse soit plus grande que celle qu'elle occupe en réalité de nos jours. Certains diront : « Mais il y a longtemps que nous, nous avons porté remède à cela. » On oubliera, ce disant, qu'à côté de l'école il y a la famille et que les mères, dans les diverses classes sociales, sont souvent demeurées religieuses, même quand les pères ne le sont plus. Et dans les familles plus aisées, alors même que la mère est libre-penseuse, la bonne d'enfants prend souvent soin, en dehors des parents, d'assurer l'éducation religieuse précoce de l'enfant. On ne saurait donc dire que la France elle-même, malgré son avarice à cet égard sur les autres nations, ait encore vraiment pu faire l'expérience intégrale de l'éducation non religieuse. (N. de la Trad.)

priver. L'effet des consolations que la religion apporte à l'homme peut être mis en parallèle avec celui des narcotiques : ce qui se passe actuellement en Amérique l'illustre fort joliment. On veut là-bas priver les humains – évidemment sous l'influence du règne des femmes – de tout excitant, de toute boisson enivrante, et on les gave en échange avec de la piété. Voilà encore une expérience dont le résultat ne saurait être douteux.

Ainsi je suis en contradiction avec vous lorsque, poursuivant vos déductions, vous dites que l'homme ne saurait absolument pas se passer de la consolation que lui apporte l'illusion religieuse, que, sans elle, il ne supporterait pas le poids de la vie, la réalité cruelle. Oui, cela est vrai de l'homme à qui vous avez instillé dès l'enfance le doux – ou doux et amer – poison. Mais de l'autre, qui a été élevé dans la sobriété ? Peut-être celui qui ne souffre d'aucune névrose n'a-t-il pas besoin d'ivresse pour étourdir celle-ci. Sans aucun doute l'homme alors se trouvera dans une situation difficile ; il sera contraint de s'avouer toute sa détresse, sa petitesse dans l'ensemble de l'univers ; il ne sera plus le centre de la création, l'objet des tendres soins d'une Providence bénévole. Il se trouvera dans la même situation qu'un enfant qui a quitté la maison paternelle, où il se sentait si bien et où il avait chaud. Mais le stade de l'infantilisme n'est-il pas destiné à être dépassé ? L'homme ne peut pas éternellement demeurer un enfant, il lui faut enfin s'aventurer dans l'univers hostile. On peut appeler cela « l'éducation en vue de la réalité » ; ai-je besoin de vous dire que mon unique dessein, en écrivant cette étude, est d'attirer l'attention sur la nécessité qui s'impose de réaliser ce progrès ?

Vous craignez sans doute que l'homme ne supporte pas cette rude épreuve ? Cependant, espérons toujours. C'est déjà quelque chose que de se savoir réduit à ses propres forces. On apprend alors à s'en servir comme il convient. L'homme n'est pas dénué de toute ressource ; depuis le temps du déluge, sa science lui a beaucoup appris et accroîtra encore davantage sa puissance. Et en ce qui touche aux grandes nécessités que comporte le destin, nécessités auxquelles il n'est pas de remède, l'homme apprendra à les subir avec résignation. Que lui importe l'illusion de posséder de grandes propriétés dans la Lune, propriétés dont personne encore n'a vu les revenus ? Petit cultivateur ici-bas, il saura cultiver son arpent de terre de telle sorte que celui-ci le nourrira. Ainsi, en retirant de l'au-delà ses espérances ou en concentrant sur la vie terrestre toutes ses énergies libérées, l'homme parviendra sans doute à rendre la vie supportable à tous et la civilisation n'écrasera plus personne. Alors il pourra, sans regrets, dire avec l'un de nos confrères en incrédulité :

Nous abandonnons le ciel

Aux anges et aux moineaux[8]

---

8 Den Himmel überlassen wir Den Engeln und den Spatzen. (HEINE, Deutschland, chap. 1er)

X

« Voilà qui semble merveilleux ! Une humanité qui aurait renoncé à toute illusion et qui serait ainsi devenue capable de se créer sur terre une existence supportable ! Mais je ne saurais pour ma part partager vos espérances. Non pas que je sois le réactionnaire endurci pour lequel vous me prenez peut-être. Mais parce que j'ai du bon sens. Il me semble que nous avons à présent interverti les rôles : c'est vous à présent le rêveur, qui se laisse emporter par ses illusions, et c'est moi qui représente les exigences de la raison, le droit au scepticisme. Ce que vous venez d'exposer me semble fondé sur des erreurs que, suivant le précédent que vous m'avez fourni, j'appellerai des illusions : car l'influence de vos propres désirs s'y trahit assez clairement. Vous vous flattez de l'espérance que les générations qui, dans leur petite enfance, n'auront pas subi l'influence des doctrines religieuses atteindront aisément la primauté voulue de l'intelligence sur leur vie instinctive. Voilà qui est certes une illusion ; sur ce point décisif la nature humaine a peu de chances de se modifier. Si je ne me trompe – on sait si peu de choses touchant les autres civilisations –, il existe, même de nos jours, des peuples qui ne grandissent pas sous la pression d'un système religieux, et ils ne se rapprochent pas plus que les autres de l'idéal que vous vous proposez. Si l'on veut expulser de notre civilisation européenne la religion, on n'y pourra parvenir qu'à l'aide d'un autre système doctrinal, et ce système, dès l'origine, adoptera tous les caractères psychologiques de la religion : sainteté, rigidité, intolérance, et la même interdiction de penser, en vue de se défendre. Il vous faut quelque chose de cette sorte afin de faire face aux exigences de l'éducation. Or vous ne pouvez renoncer à l'éducation. La voie que doit parcourir le nourrisson jusqu'à ce qu'il devienne un civilisé est longue ; trop de jeunes êtres s'y égareraient et n'arriveraient pas à remplir à temps leurs devoirs vitaux, s'ils étaient abandonnés sans guide à leur évolution propre. Et les doctrines qui auront servi à leur éducation borneront toujours leur pensée en leur âge mûr, tout comme vous le reprochez aujourd'hui à la religion. Ne remarquez-vous pas que le défaut congénital et irrémédiable de notre civilisation, comme de toute culture humaine, est d'imposer à l'enfant, bien qu'il soit faible d'esprit et dominé par ses instincts, la prise de décisions que seule l'intelligence mûrie de l'adulte peut justifier ? Cependant la civilisation ne peut agir autrement, en raison du fait que l'évolution séculaire de l'humanité doit être comprimée, pour chaque individu, en les quelques années que dure l'enfance, et ce n'est que par des influences affectives que l'enfant peut être amené à accomplir la tâche qui lui est assignée. Telles sont les perspectives qui s'ouvrent à votre primauté de l'intellect.

« Ne soyez donc pas surpris que je sois en faveur du maintien de l'enseignement religieux en tant que base de l'éducation et de la vie en commun des hommes. C'est là un problème d'ordre pratique et non une question de teneur en réalité. Puisque, dans l'intérêt du maintien de notre civilisation, nous ne pouvons attendre, avant d'agir sur l'individu, qu'il soit devenu mûr pour la culture, – bien des individus d'ailleurs ne le deviendraient jamais – puisque nous sommes contraints d'imposer à l'enfant qui grandit un système quelconque de doctrines, lequel restera actif en lui à titre de prémisses soustraites à la critique, il me paraît que le système religieux est de beaucoup le plus apte à remplir cette fonction, et, bien entendu, justement en raison de sa force consolatrice et réalisatrice de désirs, dans laquelle vous prétendez avoir reconnu l'illusion. En présence des difficultés qui s'opposent à la connaissance d'une part quelconque de la réalité, en face du doute relatif à la possibilité même de toute connaissance, il convient de ne pourtant pas perdre de vue que les besoins des hommes constituent aussi une partie de la réalité, voire une très importante, et une partie qui nous touche de particulièrement près.

« Je trouve un autre avantage à la doctrine religieuse dans l'un de ses caractères qui semble vous choquer tout spécialement. Elle est susceptible d'une épuration, d'une sublimation idéatives, grâce auxquelles elle peut se dépouiller de presque tout ce qui en elle portait la marque du mode de penser primitif et infantile. Ce qui alors en demeure est un fond d'idées auxquelles la science ne contredit plus et que la science ne saurait non plus réfuter.

« Ces transformations de la doctrine religieuse, que vous avez condamnées comme autant de demi-mesures et de compromis, permettent d'éviter la scission entre les masses incultes et les philosophes et penseurs ; elles comprennent un élément commun aux deux, élément d'une importance capitale pour le maintien de la civilisation. Dès lors, il n'y a plus à craindre que l'homme du peuple vienne à apprendre que, dans les classes sociales supérieures, on ne croit plus en Dieu. Je pense ainsi avoir fait voir que vos efforts se réduisent à essayer de remplacer une illusion qui a fait ses preuves et qui est d'une valeur affective certaine par une autre illusion, laquelle ne les a pas faites et qui ne possède pas cette valeur. »

– Je ne suis pas inaccessible à votre critique. Je sais combien il est difficile d'échapper aux illusions ; peut-être les espérances elles-mêmes, que j'ai avoué nourrir, sont-elles de nature illusoire. Mais je maintiens une distinction : mes illusions – outre qu'aucun châtiment ne menace qui ne les partage pas – ne sont pas, comme les illusions religieuses impossibles à corriger ; elles ne possèdent pas un caractère délirant. Si l'expérience venait à montrer – non pas à moi, mais après moi à d'autres qui penseraient de même – que nous nous sommes trompés, alors nous renoncerons à nos espérances. Prenez donc ma tentative pour ce qu'elle est : un psychologue, qui ne s'illusionne pas sur les difficultés qu'il y a à s'accommoder de ce bas monde, s'efforce de porter, sur l'évolution de l'humanité, un jugement, d'après les quelques clartés qu'il a acquises en étudiant les démarches psychiques accomplies par l'individu au cours de son évolution de l'enfance à l'âge adulte. A lui s'impose alors l'idée que la religion est comparable à une névrose infantile, et il est assez optimiste pour croire que l'humanité surmontera cette phase névrotique, tout comme tant d'enfants, en grandissant, guérissent d'une névrose similaire. Ces connaissances, acquises grâce à la psychologie individuelle, sont peut-être insuffisantes, leur transposition au genre humain est peut-être injustifiée, l'optimisme est peut-être ici dénué de fondement : je vous accorde que tout cela est incertain. Mais on ne peut souvent pas se retenir de dire ce que l'on pense, et l'on s'en excuse alors, en ne le donnant pas pour plus que cela ne vaut.

Deux points encore méritent que je m'y arrête. En premier lieu, la faiblesse de ma position n'implique aucun renforcement de la vôtre. Je pense que vous défendez une cause perdue. Nous aurons beau dire et redire que l'intellect humain est sans force par rapport aux instincts des hommes, et avoir raison ce disant, il y a cependant quelque chose de particulier à cette faiblesse : la voix de l'intellect est basse, mais elle ne s'arrête point qu'on ne l'ait entendue. Et, après des rebuffades répétées et innombrables, on finit quand même par l'entendre. C'est là un des rares points sur lesquels on puisse être optimiste en ce qui regarde l'avenir de l'humanité, mais ce point n'est pas de médiocre importance.

Partant de ce point, on peut concevoir encore d'autres espérances. Le temps où sera établie la primauté de l'intelligence est sans doute encore immensément éloigné de nous, mais la distance qui nous en sépare n'est sans doute pas infinie. Et comme la primauté de l'intelligence poursuivra vraisemblablement les mêmes buts que ceux que votre Dieu doit vous faire atteindre : la fraternité humaine et la diminution de la souffrance, nous sommes en droit de dire que notre antagonisme n'est que temporaire et nullement irréductible. Bien entendu, nous les poursuivrons dans les limites humaines et autant que la réalité extérieure, l'*[mot en grec dans le texte]* le permettra. Ainsi nous espérons une même chose, mais vous êtes plus impatients, plus exigeants, et – pourquoi ne pas le dire ? – plus égoïstes que moi et mes pareils. Vous voulez que la félicité commence aussitôt après la mort, vous lui demandez de réaliser l'impossible et vous ne voulez pas renoncer aux prétentions qu'élève l'individu. De ces désirs, notre Dieu *[mot en grec dans le texte]*[9] réalisera ce que la nature extérieure permettra, mais seulement peu à

---

9   Les dieux jumeaux [mots en grec dans le texte] du Hollandais Multatuli.

peu, dans un avenir imprévisible et pour d'autres enfants des hommes. À nous, qui souffrons gravement de la vie, il ne promet aucun dédommagement. Sur la voie qui mène à ce but éloigné, vos doctrines religieuses devront être abandonnées, et peu importera alors que les premières tentatives échouent ou que les premières formations substitutives ne soient pas viables. Vous en connaissez le pourquoi : rien ne peut à la longue résister à la raison et a l'expérience, et que la religion soit en contradiction avec toutes deux est par trop évident. Les idées religieuses purifiées ne peuvent elles-mêmes se soustraire à ce destin, tant qu'elles cherchent à sauver quelque chose du caractère consolateurde la religion. Certes, si vous vous bornez à affirmer l'existence d'un Être supérieur, dont les qualités sont indéfinissables et les intentions inconnaissables, vous vous mettez hors de portée des objections de la science, mais alors l'intérêt des hommes se détache de vous.

En second lieu, je vous prie de noter la différence entre votre attitude et la mienne en face de l'illusion. Vous devez défendre de toutes vos forces l'illusion religieuse : si elle vient à être discréditée – et elle est vraiment assez menacée – alors votre univers s'écroule, il ne vous reste qu'à désespérer de tout, de la civilisation et de l'avenir de l'humanité. Je suis, nous sommes libres d'un tel servage. Étant préparés à renoncer à une bonne part de nos désirs infantiles, nous pouvons supporter que certaines de nos espérances se révèlent comme étant des illusions.

L'éducation libérée du joug des doctrines religieuses ne changera peut-être pas grand-chose à l'essence psychologique de l'homme, notre Dieu le *[Mot grec dans le texte : Aóyos]* n'est peut-être pas très puissant et il ne pourra peut-être tenir qu'une petite part de ce que ses prédécesseurs ont promis. Si nous devons un jour le reconnaître, nous le ferons avec résignation. Nous ne perdrons pas pour cela tout intérêt pour les choses de l'univers et de la vie, car nous possédons un point d'appui solide et qui vous manque. Nous croyons qu'il est au pouvoir du travail scientifique de nous apprendre quelque chose sur la réalité de l'univers et que nous augmentons par là notre puissance et pouvons mieux organiser notre vie. Si cette croyance est une illusion, alors nous sommes dans le même cas que vous, mais la science nous a, par de nombreux et importants succès, fourni la preuve qu'elle n'est pas une illusion.

La science a beaucoup d'ennemis déclarés, et encore plus d'ennemis cachés, parmi ceux qui ne peuvent lui pardonner d'avoir ôté à la foi religieuse sa force et de menacer cette foi d'une ruine totale. On lui reproche de nous avoir appris bien peu et d'avoir laissé dans l'obscurité incomparablement davantage. Mais on oublie, en parlant ainsi, l'extrême jeunesse de la science, la difficulté de ses débuts, et l'infinie brièveté du laps de temps écoulé depuis que l'intellect humain est assez fort pour affronter les tâches qu'elle lui propose. Ne commettons-nous pas, tous tant que nous sommes, la faute de prendre pour base de nos jugements des laps de temps trop courts ? Nous devrions suivre l'exemple des géologues. On se plaint de l'incertitude de la science, on l'accuse de promulguer aujourd'hui une loi que la génération suivante reconnaît pour une erreur et remplace par une loi nouvelle qui n'aura pas plus longtemps cours. Mais ces accusations sont injustes et en partie fausses. La transformation des opinions scientifiques est évolution, progrès, et non démolition. Une loi, que l'on avait d'abord tenue pour universellement valable, se révèle comme n'étant qu'un cas particulier d'une légalité plus compréhensive, ou bien l'on voit que son domaine est borné par une autre loi, que l'on ne découvre que plus tard ; une approximation en gros de la vérité est remplacée par une autre, plus soigneusement adaptée à la réalité, approximation qui devra attendre d'être perfectionnée à son tour. Dans divers domaines, nous n'avons pas encore dépassé la phase de l'investigation, phase où l'on essaie diverses hypothèses qu'on est bientôt contraint, en tant qu'inadéquates, de rejeter. Mais dans d'autres nous avons déjà un noyau de connaissances assurées et presque immuables. On a enfin essayé de discréditer radicalement la science en disant que, liée aux conditions mêmes de notre organisation, elle ne peut nous donner que des résultats subjectifs, cependant que la vraie nature des choses hors de nous lui demeure inaccessible. On néglige, ce disant, quelques facteurs qui sont décisifs lorsqu'il s'agit de comprendre le travail scientifique. Premièrement, notre organisation, c'est-à-dire notre appareil psychique, s'est développée justement en s'efforçant d'explorer le monde extérieur, et a par suite dû réaliser dans sa structure un certain degré d'adaptation. Deuxièmement, notre appareil psychique est lui-même partie constituante de cet univers que nous avons à explorer, et qui se prête de fait à notre investigation. Troisièmement, la tâche de la science est parfaitement circonscrite si nous la limitons à nous faire voir comment le monde doit nous apparaître en raison du caractère particulier de notre organisation. Quatrièmement, les résultats ultimes de la science, justement en vertu de la façon dont ils ont été acquis, ne sont pas conditionnés par notre organisation seule, mais encore par ce qui a agi sur cette organisation. Et finalement, le problème de la nature de l'univers considérée indépendamment de notre appareil de perception psychique est une abstraction vide, dénuée d'intérêt pratique.

Non, notre science n'est pas une illusion. Mais ce serait une illusion de croire que nous puissions trouver ailleurs ce qu'elle ne peut nous donner.

FIN DE L'ARTICLE.